HEYNE
BÜCHER

WILSON RAWLS

EIGENTLICH HÄTTE ES EIN HERRLICHER SOMMERTAG WERDEN KÖNNEN …

Heiterer Roman

Aus dem Englischen von
Susanne Lepsius

WILHELM HEYNE VERLAG
MÜNCHEN

HEYNE ALLGEMEINE REIHE
Nr. 01/6685

Titel der Originalausgabe
SUMMER OF THE MONKEYS

4. Auflage

Lizenzausgabe mit Genehmigung
des Scherz Verlags, Bern und München
Printed in Germany 1995
Umschlagfoto: laenderpress/Wo, Düsseldorf
Umschlaggestaltung: Atelier Ingrid Schütz, München
Gesamtherstellung: Elsnerdruck, Berlin

ISBN 3-453-02289-0

1

Bis zu meinem vierzehnten Jahr war ich der glücklichste Junge der Welt. Ich lebte vergnügt in den Tag hinein, streifte stundenlang durch die Felder und über die Hügel und kannte weder Sorgen noch Ärger. Aber dann kam die Sache mit den Affen, und mit dem Glücklichsein war es erst mal vorbei. Diese Affen! Die hätten mich fast geschafft!

Wir lebten damals auf einer kleinen Farm im Irokesenland, zwischen den Ausläufern des Ozark-Gebirges und dem Illinois-Fluß. Es war eine einsame, wilde Gegend, doch Raudi, mein Hund, und ich kannten dort jeden Weg und jedes Tier. Jedenfalls glaubten wir das – bis wir die Affen entdeckten.

Vermutlich wäre alles im Sande verlaufen, wenn ich meinen Mund gehalten hätte, aber ich erzählte natürlich alles brühwarm Großvater; und das habe ich später wirklich bereut, denn Großvater und ich waren dicke Freunde, und jetzt bekam er wegen der Affen mindestens soviel Ärger wie ich.

Ich brachte sogar Raudi dazu, bei dieser Affengeschichte mitzumachen – und prompt kam den Armen die Sache noch teurer zu stehen als Großvater und mich. Raudi war schließlich so angewidert von mir, den Affen und vom Leben überhaupt, daß er sich unter die Veranda unseres Hauses verzog und meine Rufe zu ignorieren beschloß.

Als meine Eltern ins Irokesenland zogen, war ich nicht größer als ein junges Opossum. Vater hat mir später erzählt, was für ein schweres Leben sie hatten, bevor sie die Farm kauften. Sie waren Kleinpächter in Missouri gewesen und hatten sich von morgens bis abends für andere Leute abgerackert. Ihr größter Traum war es, einmal eine eigene Farm zu besitzen. Gerade als sie meinten, daß es aufwärts ginge, kam wieder etwas dazwischen – meine Zwillingsschwester Daisy und ich. Vater behauptete, ich sei das kräftigste Baby gewesen, das je das Licht der Welt erblickt hat. Ich wurde zuerst geboren und war gesund und lebhaft. Daisy dagegen kam mit einem verkrüppelten rechten Bein zur Welt.

Der Arzt versuchte unsere Eltern zu trösten. Offenbar hätten sich bei Daisy nur ein paar Muskeln und Sehnen verheddert, und in Oklahoma City gäbe es einen Doktor, der so was wieder prima hinbekäme. Doch für meine Eltern war das kaum ein Trost, denn dieser Arzt verlangte furchtbar viel Geld, und Geld war genau das, was sie nicht hatten. Daisys Operation schien in ebenso weite Ferne gerückt wie die eigene Farm.

Doch dann bekam Mutter eines Tages den Brief von Großvater. Der kam so unerwartet wie ein Wintergewitter. Die Großeltern lebten im Irokesengebiet im nördlichen Teil von Oklahoma. Großvater hatte dort einen Laden, wo es einfach alles gab. Er schrieb, daß er einem Indianer 25 Hektar Brachland abgekauft hätte, und wenn meine Eltern wollten, könnten sie es haben. Sie wollten.

Dort wuchs ich heran. Ich besaß ein großartiges Taschenmesser und hatte einen noch großartigeren Hund. Schöner konnte ich mir das Leben nicht vorstellen.

Auch meine Schwester Daisy wurde größer, doch ging es ihr ganz anders als mir. Ihr Bein tat ihr von Jahr zu Jahr immer mehr weh, bis sie schließlich gar nicht mehr recht laufen konnte.

Vater schnitzte ihr eine Krücke aus einem Eichenbaumast mit einer Gabelung am Ende. Es war wirklich toll, wie geschickt Daisy sich damit bewegte. Sie flitzte fast so schnell herum wie ich auf meinen zwei gesunden Beinen.

Trotzdem wunderte ich mich am meisten darüber, daß meine «kleine» Schwester immer so glücklich und zufrieden wirkte, obwohl doch ihr Bein kaputt war. Sie lachte und sang und hopste auf ihrer Krücke herum, als sei die Welt in bester Ordnung. Sie verpaßte keine Gelegenheit, mich so lange zu necken, bis ich vor Wut fast platzte. Und diese Gelegenheiten ergaben sich durchschnittlich alle Viertelstunden, wenn wir zusammen waren.

Auf dem Hügel hinter unserem Haus, unter einer großen Eiche, hatte Daisy ihre ganz eigene Spiellaube. Vom Frühling ab bis in den späten Herbst war sie fast immer dort zu finden. Ich ging nur selten hin, weil ich mir meistens wie ein Eindringling vorkam. Sie hob dort lauter Mädchenkram auf: Puppen aus Kornähren, Lehmtörtchen und leere Fläschchen. Sie sammelte jede Konservendose und stopfte alle nur möglichen Gräser und Wiesenblumen hinein.

In einer Ecke ihrer Laube hatte Daisy einen kleinen Altar errichtet. Sein Kreuz bestand aus zwei mit Silberpapier umwickelten Rebstöcken, und einen Jesuskopf gab es auch. Daisy hatte ihn aus Ton zurechtgedrückt, als Augen Schalen von Rotkehlcheneiern genommen, und die Haare waren aus Moos. Mutter entdeckte, daß das Moos im Ton Wurzeln geschlagen hatte. Sie erzählte es allen Leuten, und die kamen danach von weither, um dieses Wunder zu bestaunen. Es war wirklich eine einmalige Sache.

Daisy hatte immer Gesellschaft in ihrer Laube. Sie wurde umringt von kugelrunden Kaninchen, roten Eichhörnchen und mümmelnden Backenhörnchen. Alle waren ganz zutraulich und fraßen Daisy aus der Hand. Auch Vögel, sogar die seltensten, kamen von den Bergen her angeflattert. Sie saßen auf den Zweigen der Büsche rings um die Laube und sangen, was das Zeug hielt. Manche setzten sich sogar auf Daisys Schulter.

Mir war es einfach schleierhaft, wie meine Schwester das machte, daß sich die Tiere mit ihr anfreundeten. Ich brauchte nur in ihre Nähe zu kommen, dann brachten sich alle mit Gerenne, Gehoppel und Gefliege schleunigst in Sicherheit. Daisy sagte, das läge daran, daß alle Tiere wüßten, wie gerne Jungen auf die Jagd gingen.

Eines Morgens, so im Frühsommer, kam mein Vater mit einem leeren Milcheimer in die Küche. Er war schlechter Laune und brummelte nicht einmal «Guten Morgen». Daran merkte Mutter sofort, daß irgendwas los war.

Sie stand am Herd und machte gerade das Frühstück. «Du möchtest wohl gern mit der Feldarbeit fertig werden», sagte sie verständnisvoll. «Ich denke, daß wir heute endlich Regen kriegen.»

«Nein», brummte Vater, «erstens wird es nicht regnen, und zweitens ist Sally wieder verschwunden.»

Sally war unsere verrückte Kuh.

«Mein Gott, schon wieder!» rief Mutter entsetzt.

«Ich versteh nicht, wie sie das macht», sagte Vater kopfschüttelnd, «erst vorige Woche habe ich das Gatter erhöht, und doch ist sie drüber weg, als hätte sie Flügel.»

Dann sah er mich an: «Jeremy, du mußt sie finden, und zwar schnell. Die wilden Zwiebeln sind reif, und wenn sie sich damit den Bauch vollschlägt, ist ihre Milch tagelang ungenießbar. Und ohne Milch und Butter sind wir aufgeschmissen.»

Wenn Vater mir wichtige Aufträge gab, fühlte ich mich stark genug, um Berge zu versetzen.

Ich stand auf und sagte: «Klar, Vater, ich werde Sally

schon finden. Wahrscheinlich ist sie wieder mal unten am Fluß.»

Immer wenn Vater und ich gewissermaßen so von Mann zu Mann miteinander sprachen, mischte sich Mutter ein – vor allem, wenn das Wort «Fluß» fiel.

Auch diesmal runzelte sie die Stirn. «Sei bloß vorsichtig, Jeremy! Ich mache mir jedesmal Sorgen, wenn du runter zum Fluß gehst.»

«Wieso?» fragte ich erstaunt. «Ich war doch schon tausendmal da.»

«Ich weiß», erwiderte Mutter irritiert, «und trotzdem bin ich jedesmal wieder beunruhigt. Das ist einfach keine Gegend für einen vierzehnjährigen Jungen. Man sieht ja keine zwei Meter weit in diesem Dschungel voll Giftschlangen und Wildschweinen und weiß der Teufel was noch.»

«Also ehrlich, Mutter, wenn man dich so hört, könnte man meinen, ich ginge auf Expedition in den afrikanischen Urwald. Dabei habe ich Sally schon oft aus dem Flußtal rausgescheucht, und nie ist mir was passiert. Außerdem nehme ich ja Raudi mit, und der läßt kein gefährliches Tier in meine Nähe.»

Eine Stunde später aber war ich nicht mehr so sicher, ob ich nicht doch im afrikanischen Urwald gelandet war.

Sally war das einzige Lebewesen auf der Farm, mit dem ich herzlich wenig im Sinn hatte. Sie war völlig unberechenbar und eine Meisterin im Hochsprung. Ich war bereit zu wetten, daß sie mühelos aus einem tiefen Brunnen herausspringen könnte. Jedenfalls verschwand sie ständig, und ich verbrachte die Hälfte meiner Zeit damit, sie wieder einzufangen. Und dazu, fand ich, war meine Zeit einfach zu schade.

Wir hatten der springfreudigen alten Sally eine Glocke umgehängt, aber wir hätten es genausogut bleiben lassen können, denn kaum hörte sie mich kommen, versteckte sie sich hinter irgendeinem Busch und stand dort so unbeweglich wie ein Zaunpfahl. Manchmal hätte ich schwören können, daß sie die Glocke ins Maul nahm, damit ich sie nicht höre. Ohne Raudis Hilfe wäre sie mir bestimmt stets entwischt.

Gleich nach dem Frühstück rief ich Raudi, und wir machten uns gemeinsam auf die Suche nach der Milchlieferantin der Familie Lee. Raudi brauchte nicht lange, um sie auszuschnüffeln. Sie stand an einem alten Sumpfloch, an dessen Rand schönes, fettes Gras wuchs, und wo es angenehm kühl war. Sie käute genüßlich ihr Futter wieder und sah so unschuldig drein, als könne sie kein Wässerlein trüben.

«Wetten, daß sie sich nicht von der Stelle rührt?» sagte ich zu Raudi. «Sie hat das Euter voll Milch und kann kaum noch gehen. Laß sie eine Weile weitermampfen, und wir sehen uns ein wenig um.»

Raudis langer, dünner Schwanz peitschte aufgeregt durch die Luft, er winselte und leckte meine Hand – das hieß: «Wenn du dich ein wenig umsehen willst, bitte sehr, mir kann's nur recht sein.»

Und wenn es auf der Welt einen Platz gab, wo sich das Umsehen lohnte, dann war es die Flußniederung des Illinois. Zahllose Wildpfade schlängelten sich im Schatten der Ahorn- und Gummibäume wie schwarze Schlangen durch mannshohes Schilf und Holunderbüsche. Meine nackten Füße hatten im Staub der Wege schon so manche Spur hinterlassen. Im kühlen Schweigen dieser Flußniederung fühlte ich mich als Held vieler Abenteuer. Mal war ich dabei Tarzan, mal der letzte Mohikaner, mal Old Shatterhand. Und Raudi war natürlich immer mit von der Partie. Er lief, die Nase am Boden, vor mir her, denn er witterte eine Klapperschlange oder eine Mokassinschlange längst, bevor ich sie sah, und machte mich sofort auf die drohende Gefahr aufmerksam. Den Wildschweinen jagte er mit seinem heiseren Gekläff den größten Schreck ihres Lebens ein. Manchmal sprang er auf einen Baumstumpf, legte den Kopf in den Nacken und stimmte ein herzzerreißendes Geheul an. Das hieß, jedes Lebewesen sollte ja auf der Hut sein, denn hier kam der große Jäger mit seinem Hund. Ich liebte Raudi von der Schnauze bis zur Schwanzspitze, doch vor allem liebte ich an ihm, daß er mich immer verstand. Ja, zuweilen hatte ich den Eindruck, er verstünde mich besser als die Menschen.

Wir gingen mitten durch das Dickicht der Flußniederung, als Raudi plötzlich wie angewurzelt stehenblieb und den Kopf hob, seine langen Ohren stellten sich auf, und er schnüffelte fieberhaft. Mir war sofort klar, irgend etwas hatte er gewittert, aber offenbar wußte er nicht recht, wo dieses Etwas sich befand.

«Was ist es?» flüsterte ich.

Raudi sah zu mir auf und winselte.

«Los, such», sagte ich leise.

Er verschwand in dem undurchdringlichen Grün, lautlos wie der Schatten eines kreisenden Falken. Ich wartete reglos und lauschte angestrengt. Schon nach wenigen Minuten hörte ich Raudis aufgeregtes Gebell. Das drohende Crescendo verriet mir und der weiten Welt, daß, was immer Raudi anblaffte, auf einem Baum saß. Ich rannte los, so schnell ich konnte, und jagte mit eingezogenem Kopf durch Gebüsch und Unterholz.

Raudi hatte sein Opfer in das dichte Laub einer hohen Eiche getrieben. Ich ging um den Baum herum und versuchte vergeblich, in dem dunklen Blätterwald ein Lebewesen zu erspähen.

«Was ist es denn, Raudi, ein Eichhörnchen?»

Ich konnte noch immer nichts erkennen, und so trat ich einen Schritt zurück, nahm einen Stock und warf ihn mitten in die Zweige – und dann dachte ich, ich werde nicht mehr.

Da saß doch auf dem Ast vor mir tatsächlich ein Affe – ein richtiger, lebendiger Affe. Ich stand wie vom Donner gerührt und starrte ihn nur mit offenem Mund an.

Der Affe starrte zurück. Er saß reglos auf dem Ast und bohrte mit seinen funkelnden Äuglein Löcher in mich hinein. Dann öffnete er das Maul, als wollte er loszetern, aber kein Laut war zu hören. Er zeigte nur eine Reihe nadelspitzer Zähne. Das sah so ungeheuer komisch und putzig aus, daß ich wider Willen laut lachen mußte.

Raudi dagegen knurrte wütend und sprang von wildem Jagdfieber gepackt wie ein Gummiball am Baumstamm hoch. Und dann passierte etwas Unheimliches. Der Affe richtete sich auf und stieß einen schrillen Schrei aus. Das Lachen blieb mir im Halse stecken, denn plötzlich ging ein Geschnatter, Gekreische, Gefauche, Gequieke los wie im Dschungel. Und erst da wurde mir klar, daß alles vorne und hinten nicht stimmte. Wie kamen Affen nach Oklahoma? Affen leben im Urwald. Vielleicht war ich an einem verhexten Ort. Nicht auszudenken!

«Raudi!» schrie ich, «wir müssen sofort weg hier.» Und dann rannte ich blindlings den nächsten Wildpfad entlang, als wäre mir eine Horde Kannibalen auf den Fersen.

Als ich keuchend unsere Farm erreichte, sah ich Vater, der gerade einen Maulesel vor die Sämaschine spannte. Ich sauste wie ein geölter Blitz auf ihn zu.

Drei Meter vor ihm bremste ich und schrie atemlos: «Vater! Raudi hat einen Affen aufgestöbert.»

Vater musterte mich nachdenklich, dann sagte er lächelnd: «Jeremy, kleine Jungen bilden sich manchmal Dinge ein, und das ist auch ganz in Ordnung, aber du bist jetzt fast erwachsen, und es ist eigentlich an der Zeit, daß du vernünftig wirst. Raudi hat vermutlich ein Eichhörnchen aufgeschreckt.»

«Nein, Vater, ich schwör's dir», rief ich ganz aufgebracht,

«es war kein Eichhörnchen, es war ein richtiger, lebendiger Affe. Ich hab ihn ganz deutlich gesehen.»

Vater sah mich prüfend an.

«Hör zu, Junge», sagte er bedächtig, «soweit ich weiß, hast du noch nie im Leben einen Affen gesehen.»

«Keinen lebendigen, Vater, aber auf Bildern. Und dann hat mir Großmutter dieses kleine Ding geschenkt, du weißt doch, der erste hält sich den Mund zu, der zweite die Ohren und der dritte die Augen. Und genauso sah Raudis Affe aus. Ich bin ganz sicher, es war ein Affe.»

Vermutlich haben Väter einen sechsten Sinn dafür, wann ihre Söhne die Wahrheit sagen.

Vater jedenfalls blickte stirnrunzelnd zum Fluß hinunter. «Mag sein, daß du wirklich einen Affen gesehen hast, obwohl es kaum zu glauben ist. Ich habe noch nie von Affen in dieser Gegend gehört.»

«Also einen gibt es bestimmt, Vater. Er sitzt auf einer Eiche mitten in der Flußniederung und ist für jedermann zu sehen.»

Vater tat, als hätte er mich nicht gehört. Er stand nur nachdenklich da und starrte weiter in Richtung Fluß.

Nach einiger Zeit, die mir schier endlos vorkam, grinste er und sagte: «Tja, das ist möglich. Das wäre eine Erklärung.»

«Eine Erklärung für was?»

«Für den Affen», sagte Vater noch immer grinsend. «Die reichen Leute, weißt du, die im Sommer hier zum Angeln herkommen, nun, einer von ihnen hat sich vielleicht einen Affen gehalten, und der ist ihm auf und davon.»

Das leuchtete mir auch ein, aber dann dachte ich wieder an diesen seltsamen Lärm.

«Ich weiß nicht, Vater, aber ich habe ein so merkwürdiges Gekreische da unten gehört. Meinst du, es könnten noch mehr Affen am Fluß sein?»

«Hm», brummte Vater und schüttete Saatgut in den Fülltrichter, «wahrscheinlich hast du Angst bekommen und dir die Geräusche nur eingebildet. So, und nun laß mich weiterarbeiten, denn selbst wenn du recht hast und die Gegend nur so von Affen wimmelt, brauchen wir schließlich was zu beißen.»

Ich war ganz versessen darauf, Vater den Affen zu zeigen, aber ich wußte, es war sinnlos, ihn jetzt darum zu bitten. Nichts auf der Welt hätte ihn dazu bewegt, seine Arbeit zu unterbrechen. Wenn in diesem Moment eine Herde Elefanten auf der Landstraße vorbeigetrampelt wäre, hätte er sich nicht mal umgedreht.

«Ach, übrigens», sagte Vater, als er nach den Zügeln griff, «hast du eigentlich Sally gefunden?»

«Ja, sie ist unten am Sumpfloch, du weißt schon, wo. Ich hab sie in der Aufregung völlig vergessen. Ich geh' sie gleich holen.»

«Nein, laß nur», sagte Vater lächelnd. «Jetzt, da ich weiß, wo sie ist, kann ich sie auch selber holen. Mutter braucht ein paar Sachen aus dem Dorf, und du weißt, sie wartet nicht gern.»

«Ja, Vater», sagte ich und trabte gehorsam nach Hause.

Ich hatte keine große Mühe, Mutter von dem Vorhandensein des Affen zu überzeugen. Es bestärkte sie nur in ihrer Meinung, daß die Flußniederung voller wilder Tiere steckte, die es alle darauf abgesehen hatten, mich zu verschlingen.

«Ein Affe!» rief sie ganz aufgeregt. «Ich zweifle keinen Moment daran. Weiß der Himmel, was sich da unten sonst noch alles rumtreibt.»

Eins war mir klar, ich mußte Mutter sofort beruhigen, sonst würde sie mir noch ganz verbieten, zum Fluß zu gehen.

«Aber Mutter», sagte ich, «reg dich doch nicht so auf. Es

ist sicher ein ganz harmloser Affe. Vater meint, er wäre einem der Angler entlaufen, die hier in die Sommerfrische kommen.»

«Jeremy», erwiderte Mutter, «auch dein Vater ist nicht allwissend. Ich kann nur hoffen, er hat diesmal recht. Wilde Affen und womöglich ein paar Tiger und Löwen, das hätte mir gerade noch gefehlt, als ob ich nicht schon genug Sorgen hätte. Wenn sich bloß mehr Leute hier ansiedeln würden, dann käme man sich nicht so völlig gottverlassen vor.»

Um Mutter von den wilden Bestien abzulenken, sagte ich diensteifrig: «Sollte ich nicht für dich einkaufen gehen?»

«Ja», sagte Mutter, «aber ich mach dir besser eine Liste von den Sachen, die ich brauche, damit du über deinen Affen nicht die Hälfte vergißt. Und bitte, bleib nicht wieder stundenlang bei Großvater. Er setzt dir nichts als Flausen in den Kopf. Eines Tages werdet ihr beide noch mal was aushecken, das uns alle in Teufels Küche bringt.»

2

Ich legte die drei Kilometer in gestrecktem Galopp zurück. Raudi mit fliegenden Ohren hinterher. Ich brannte darauf, Großvater die Geschichte von den Affen zu erzählen, denn Großvater wußte immer Rat. Er war einer von den Großvätern, die sich zwar schwerfällig bewegen und viele Runzeln haben, aber Kinder lieben, besonders Jungen. Er und ich waren dicke Freunde, solange ich denken konnte, und wir gingen füreinander durchs Feuer.

Sein Äußeres war nicht sehr beeindruckend. Er war

ungefähr so breit wie hoch und fast völlig kahl, nur im Nacken sproß noch ein spärlicher Kranz grauer Strähnen, und seine Glieder waren so steif wie die Barthaare eines Wildschweins. Er trug eine Brille, kaute Tabak und war dreihundert Tage im Jahr ziemlich unrasiert. Aber dafür hatte er ein Herz, das so groß war wie vier Waschzuber, und sein Verständnis war unbegrenzt.

Großvater stellte gerade Konserven in die Regale, als ich in den Laden trat. Ich schlich mich auf meinen bloßen Füßen so geräuschlos an ihn heran wie eine Eidechse und sagte dann plötzlich mit schallender Stimme: «Großvater, Raudi hat einen Affen aufgestöbert.»

Ich sah Großvater zusammenzucken, als hätte ihn eine Wespe gestochen, aber es dauerte eine ganze Weile, bis er sich bedächtig umdrehte, den Kopf senkte und erst mich und dann Raudi über den Rand seiner Brille hinweg ansah.

Er grinste und sagte: «Also, das Ganze noch mal von vorn, aber diesmal etwas leiser bitte.»

«Soll ich wieder auf die Straße und noch mal reinkommen?»

«Nein», erwiderte Großvater mit einer ungeduldigen Handbewegung. «Natürlich nicht, wiederhole nur, was du gesagt hast.»

Ich holte tief Luft und sagte dann betont langsam und deutlich: «Raudi hat einen Affen aufgestöbert.»

Großvater nickte. «So, so, dann hab ich doch richtig verstanden. Ich wollte mich nur vergewissern. Und du bist sicher, daß es ein Affe war?»

«Bombensicher. Es gibt gar keinen Zweifel: Es war ein Affe. Er hat einen dünnen Schwanz, vier lange Beine, ein altes Kindergesicht und überall Haare. Vater meint, er wäre einem der reichen Angler entlaufen, die im Sommer immer herkommen.»

Großvater dachte einen Moment lang nach, dann schüttelte er den Kopf und sagte:

«Nein, das glaub ich nicht. Hat Raudi nur einen Affen aufgespürt?»

«Ich hab nur einen gesehen, Großvater, aber ich glaube, daß es noch mehr davon geben muß. Ich hab nämlich so komische Laute gehört.»

Großvaters buschige Augenbrauen schnellten in die Höhe.

«Laute? Was für Laute?»

«Ich weiß nicht recht, Großvater. Unten am Fluß hört man ja alle möglichen Geräusche, aber eigentlich kann ich immer sagen, woher sie stammen. Doch so ein Geschrei wie heute habe ich bestimmt noch nie gehört. Ich hab's richtig mit der Angst gekriegt und bin abgehauen.»

Großvater wurde plötzlich ganz aufgeregt. Er nahm die Brille ab, und seine freundlichen, alten Augen zwinkerten mir zu.

Doch dann sagte er ganz sachlich: «Ich bin fast sicher, daß diese komischen Laute von Affen stammten. So wie du es beschreibst, würde ich sagen, es waren ungefähr dreißig.»

Meine Augen wurden so groß wie Untertassen.

«Dreißig?» rief ich. «Donnerwetter, Großvater, das sind aber eine Menge. Glaubst du wirklich?»

«Genau weiß ich es natürlich nicht», sagte Großvater, «aber ich würde meinen letzten Eimer Sirup darauf verwetten.»

«Großvater, weißt du etwa was über diese Affen?» fragte ich.

Er warf sich in die Brust und sah so stolz aus wie Raudi, wenn er irgendeiner Sache auf die Spur gekommen ist. «Natürlich weiß ich etwas über diese Affen. Zu was wären Großväter wohl gut, wenn sie nicht über Dinge Bescheid wüßten, die Jungen interessieren?»

Ich war keineswegs erstaunt, daß Großvater etwas über die Affen wußte. Denn eins stand für mich fest: Großvater war der klügste Mann im ganzen Irokesenland. Er wußte, wo es die meisten Fische gab und welche Köder sie liebten, er wußte, wie man dem Wild nachstellt und wann die beste Jagdzeit war. Er wußte – nun, eben über all jene Dinge Bescheid, die einen Jungen interessieren.

Großvater zeigte auf den Ladentisch. «Setz dich», sagte er, «und ich erzähl dir, was ich weiß. Diese Sache mit den Affen ist gerade das Richtige für dich.»

«Wieso?» fragte ich verdutzt und kletterte auf den Ladentisch. «Was haben die Affen mit mir zu tun?»

Großvater vergrub die Hände in den Hosentaschen und blickte zu Boden: «Wenn mich nicht alles täuscht», sagte er, «wünschst du dir doch ein Pony und ein Gewehr?»

«Und wie!» bestätigte ich mit Nachdruck. «Schon immer habe ich mir ein Pony und ein Gewehr gewünscht. Jeder richtige Junge hat ein Pony und ein Gewehr, bloß ich nicht. Aber beides kostet verdammt viel Geld, und woher soll ich das nehmen?»

«Kommt Zeit, kommt Rat», erwiderte Großvater geheimnisvoll. «Wenn alles klappt, wirst du, eher als du denkst, ein Pony und ein Gewehr besitzen.»

«Und woher soll ich das Geld nehmen?» wiederholte ich, schon etwas ungeduldig. Erwachsene sind manchmal wirklich etwas schwer von Begriff.

«Indem du die Affen fängst; sie sind nämlich eine Menge Geld wert.»

«Ach, du meinst die Felle.» Vielleicht war Großvater doch nicht so schwer von Begriff?

«Aber nein!» rief Großvater empört. «Wehe dir, du ziehst ihnen das Fell ab, das wäre der reine Wahnsinn. Nein, du mußt sie lebend fangen und darfst sie auf keinen Fall dabei verletzen.»

Nun kam ich nicht mehr mit.

«*Lebend* fangen? Aber Großvater, wie soll ich denn das anstellen?»

Großvater schob das Kinn vor. «Also, ehrlich gesagt, ich bin auch kein Fachmann im Affenfangen, aber wir werden die Biester schon kriegen. Auf die ist nämlich eine hohe Belohnung ausgesetzt.»

«Belohnung?!» rief ich und sprang vom Ladentisch. «Wieviel?»

«Immer mit der Ruhe», sagte Großvater. «Vor ungefähr einer Woche kamen zwei Männer hier in den Laden. Sie gehörten zu einem Wanderzirkus. Einer ihrer Wagen war in einen Graben geraten, und die Türen flogen auf. In dem Wagen befanden sich eine Menge Affen, und ein Teil davon entwischte!» Großvater holte tief Luft. «Einige der Tiere wurden beim Unfall getötet, aber nicht viele. Die Zirkusleute versuchten die anderen einzufangen, und bis auf etwa dreißig gelang es ihnen auch, aber dann mußten sie weiter. Sie konnten es sich nicht leisten, ihre Vorstellungen abzusagen. Und ich bin sicher, die Affen, die ihr beide, Raudi und du, entdeckt habt, sind diese noch flüchtigen Affen.»

«Aber Großvater», sagte ich vorwurfsvoll, «es können gar nicht die Zirkusaffen gewesen sein! Von der Hauptstraße bis zu uns sind es mehr als zwölf Kilometer.»

Großvater nickte. «Daran hab ich auch schon gedacht», sagte er lächelnd. «Aber unterschätze den Instinkt der Tiere nicht. Um diese Jahreszeit versanden die Bäche, und in den Hügeln ist alles verdorrt. Hunger und Durst haben die armen Viecher vermutlich immer weiter getrieben, bis sie zu deiner Flußniederung kamen, und dort fanden sie ein Schlaraffenland vor – voll von wildem Wein, Beeren, Nüssen, Eicheln und jeder Art von Grünzeug.»

Jetzt war auch ich überzeugt, daß Großvater recht hatte.

Er rieb sich vergnügt die Hände – ein Fuchs in einem Hühnerhof hätte nicht zufriedener aussehen können. «Und weißt du, wie hoch die Belohnung ist?» fragte er listig. «Fünfzig Dollar pro Affe – mit einer Ausnahme. Was sagst du jetzt?»

«Fünfzig Dollar!» rief ich. «Großer Gott, warum zahlen sie so viel Geld für einen Haufen blöder Affen?»

«Es sind eben keine blöden Affen», erwiderte Großvater streng. «Im Gegenteil, es sind sogar äußerst kluge Affen. Sie können eine Menge Kunststücke. Allerdings dauert es eine lange Zeit, bis man ihnen die beigebracht hat, und deshalb sind sie so wertvoll. Aber du hast mir nicht genau zugehört.»

«Was meinst du damit, Großvater?»

Großvater schnaubte ärgerlich wie die alte Sally, wenn sie eine Vogelscheuche sieht. «Streng dein Köpfchen mal ein bißchen an», sagte er, «denk daran, was ich dir alles über die Affen erzählt habe, und rechne es dir selbst aus.»

Großvater wußte, daß Rechnen nicht meine starke Seite war. Deshalb dachte er sich ständig Aufgaben für mich aus. Ein völlig zweckloses Unterfangen meiner Meinung nach, denn ich wollte entweder Jäger oder Forschungsreisender werden, wozu sollte ich also rechnen lernen?

«Großvater», sagte ich, «die ganze Geschichte mit den Affen und der Belohnung ist schon kompliziert genug. Wie soll ich da noch rechnen. Also, was habe ich überhört?»

«Ich habe gesagt, sie zahlen fünfzig Dollar pro Affe – mit einer Ausnahme.»

«Na und?» fragte ich verständnislos. «Ist irgendwas Besonderes an dem einen Affen?»

«Er ist das Glanzstück der ganzen Schau», sagte Großvater trocken. «Er ist sein Gewicht in Gold wert. Sie zahlen zweihundert Dollar für ihn.»

Ich schnappte nach Luft. «Zweihundert Dollar für einen Affen! Weiß der Himmel, das muß ja wirklich ein ganz toller Affe sein.»

Großvater grinste. «Der Bursche vom Zirkus behauptete, der Affe wäre schlauer als mancher Mensch. Er sieht auch anders aus als die übrigen. Es ist ein Schimpanse, soweit ich mich erinnere.»

Ich konnte es immer noch nicht glauben. Zweihundert Dollar für einen Affen! Und wenn ich die ganze Affenbande fangen könnte! Unvorstellbar – schon bei dem bloßen Gedanken daran wurde mir ganz schwindlig.

Großvater meinte bedächtig: «Ich glaube, wir sollten über die ganze Affengeschichte mit niemand sprechen, denn wenn die anderen Wind davon bekommen, lassen sie Haus und Hof im Stich und begeben sich alle auf die Affenjagd. Und das wäre ja kaum in unserem Sinne, nicht wahr?»

«Nein, bestimmt nicht», versicherte ich. «Ich werde schweigen wie ein Grab. Es ist das erstemal, daß ich die Möglichkeit habe, eigenes Geld zu verdienen. Wenn ich nur genau wüßte *wie*. Ich meine, wie fängt man Affen?»

«Das kann ich dir im Moment auch nicht sagen», gab Großvater widerwillig zu. «Aber wir werden sie trotzdem fangen. Jedes Tier läßt sich fangen. Laß mich nur ein wenig überlegen.»

Großvater versank in tiefes Nachdenken. Und wenn Großvater nachdachte, stieß er dumpfe Grunzlaute aus und murmelte unverständliches Zeug vor sich hin. Zuweilen ging er auch im Zimmer auf und ab, zupfte sich am Ohrläppchen, rieb seine Nase oder strich sich mit der Hand hörbar über die Bartstoppeln.

Ich sah Großvater gerne beim Nachdenken zu, man durfte ihn bloß nicht dabei stören. Ich verhielt mich daher mucksmäuschenstill, dafür ging es in meinem Kopf um so wilder zu. Dort drehten sich die Affen, Dollars, Ponies und Gewehre wie ein Karussell.

Und dann kam Großvater die Erleuchtung. Er grinste von einem Ohr bis zum andern und schien ungemein zufrieden mit sich selbst.

«Wenn man seinen Kopf ein bißchen anstrengt, findet man eben für alles eine Lösung», meinte er und blickte mich bedeutungsvoll an, was ich jedoch geflissentlich übersah.

Großvater ging in den hinteren Teil des Ladens, wo die Eisenwaren lagen. Er zog sechs kleine Stahlfallen hervor und ein Stück Draht.

Damit kam er zurück und sagte: «Geh in den Lagerraum, dort liegen ein paar alte Mehlsäcke, einen davon bringst du mir.»

Ich verkniff mir jede Frage und lief fort, um den Sack zu holen. Großvater breitete ihn auf dem Ladentisch aus und zerschnitt ihn in lange Streifen. Dann nahm er eine der Fallen und drückte die Feder herunter.

«Wickle jetzt den Draht fest um die Feder, damit sie unten bleibt», befahl er.

Ich war so aufgeregt, daß ich fast meinen und seinen Finger mit eingewickelt hätte, aber schließlich schaffte ich es. Die Feder war stillgelegt und die Metallbügel der Falle ließen sich frei bewegen. Großvater nahm einen der Streifen und umwickelte damit den einen Bügel der Falle.

Endlich begriff ich, was er vorhatte. Das weiche Schutzpolster sollte verhindern, daß die Affen sich die Pfoten verletzten.

«Prima Idee, Großvater», sagte ich. Er durfte ruhig wissen, daß auch mein Kopf hin und wieder gute Arbeit leistete. «Mit der Polsterung werden die Affen nicht mal merken, daß sie eine Falle an der Pfote haben.»

«Merken werden sie es schon», entgegnete Großvater, «aber helfen wird es ihnen wenig.»

Nachdem die Metallbügel der Falle mit Sackleinwand umwickelt waren, löste Großvater den Draht von der Feder. Dann hielt er sein Werk hoch und grunzte zufrieden: «Nun, was hältst du davon?»

«Keine Affenpfote wird auch nur einen Kratzer abbekommen», behauptete ich anerkennend.

Großvater trat einen Schritt zurück. «Bist du da so sicher?» fragte er, «ich für meinen Teil, würde es lieber ausprobieren.»

«Ausprobieren? Nun gut, aber wie?»

«Indem du deinen Finger reinsteckst», meinte Großvater, und lächelte gewinnend.

Als Antwort ballte ich die Hände zu Fäusten, versteckte sie hinter meinem Rücken und trat einen Schritt zurück.

Großvater fragte erstaunt: «Was ist los mit dir, traust du mir etwa nicht?»

«Doch, doch natürlich, aber weißt du, mir ist schon einmal eine Falle über der Hand zugeschnappt. Es tat verdammt weh. Können wir es nicht mit einem Stock versuchen?»

«Nein», sagte Großvater und rieb sich die Nase. «Das bringt uns keinen Schritt weiter, wir wüßten nicht mehr als jetzt.»

Stumm standen wir uns gegenüber. Raudi spürte, daß was in der Luft lag, und wurde plötzlich ganz munter. Er kam schnuppernd herbei, doch als er die Falle sah, trat er schleunigst den Rückzug an. Mit eingeklemmtem Schwanz verschwand er winselnd hinter ein paar Kisten.

Über Raudis Pfote war nämlich auch schon mal eine Falle zugeschnappt. Ich konnte ihn gut verstehen.

Großvater brach das Schweigen. «Also gut», sagte er, «dann werde eben *ich* meinen Finger in die Falle stecken, sie muß schließlich ausprobiert werden.»

Ich nickte bedrückt, wer steht schon gern als Feigling da?

«Nun, mach schon», knurrte Großvater.

Ich drückte auf den Auslöser und kniff die Augen ganz fest zu, bis ich Großvaters Lachen hörte.

«Die beste Affenfalle der Welt», rief er triumphierend. «Ich habe fast nichts gespürt!»

Mit zitternden Fingern befreite ich Großvaters Hand. Dann machten wir die fünf anderen Fallen einsatzfertig.

«So, so», sagte Großvater zum Schluß, «ich seh schon, du wirst ein ganz ausgekochter Affenfänger. Halt mich auf dem laufenden.»

Nichts hätte ich lieber versprochen. Ich bedankte mich bei ihm, rief Raudi und ging zur Tür.

«Du solltest nicht zufällig etwas für deine Mutter besorgen?» fragte Großvater hinter meinem Rücken.

Beschämt zog ich Mutters Einkaufsliste hervor. «Wenn du nicht dran gedacht hättest, Großvater, hätte ich eine Woche lang abwaschen müssen. Das ist nämlich Mutters Standardstrafe, wenn ich was vergesse.»

Großvater nahm die Liste. «Für was wären Großväter gut», brummte er, «wenn sie ihren Enkeln nicht mal aus der Patsche helfen würden?»

Während Großvater Mutters Bestellungen zusammensuchte, fiel mir plötzlich etwas ein.

«Großvater», fragte ich, «wo stell ich die Fallen eigentlich auf?»

«Am besten dort, wo du die Affen gesehen hast. Wenn sie nicht auf der Eiche sitzen, sind sie ganz sicher in der Nähe. Raudi wird sie schon finden.»

Raudi bellte, als er seinen Namen hörte.

Großvater sah zu ihm hin: «Sag das noch mal, Alter, hab ich dich recht verstanden? Hast du etwa Hunger?»

Raudi bejahte die Frage lautstark. Und um auf keinen Fall mißverstanden zu werden, tanzte er den rituellen Hunde-Knochen-Tanz.

Großvater ging in den Vorratsraum und kam mit einem ausgesprochen fleischigen Knochen zurück.

«Hier, mein Alter», sagte er, «aber dafür schuldest du mir einen Affen.»

Raudi bellte zustimmend und sauste mit der leicht erbeuteten Mahlzeit im Maul aus dem Laden.

«Was meinst du, Großvater», fragte ich nachdenklich, «ob ich vielleicht auch einen Köder auslege?»

«Köder? Hm, daran habe ich noch gar nicht gedacht. Aber du hast recht, vermutlich solltest du das.»

«Aber *was* fressen Affen?»

«Tja, ich bin leider kein Fachmann für Affenfutter», meinte Großvater, «aber ich habe gehört, daß sie fast alles fressen. Hast du zum Beispiel Äpfel?»

«Tonnenweise, Vater hat eine ganze Fuhre gekauft.»

«Ausgezeichnet», sagte Großvater, «stell deine Falle in den modrigen Boden unter die Bäume und häng je einen Apfel an die niedrigen Zweige.»

Bevor Großvater mir den gefüllten Jutesack gab, sah ich, wie er noch schnell etwas hineinlegte, und ich wußte auch, was es war: Bonbons für Daisy und mich. Und ich wußte ebenfalls, daß sie nicht auf Vaters Rechnung erscheinen würden.

«So und jetzt lauf», sagte Großvater, «und das nächste Mal, wenn du hier wieder auftauchst, hast du hoffentlich einen Sack voller Affen dabei.»

Ich stopfte die Fallen in den Jutesack.

«Ja, Großvater, das hoff' ich auch, und einer davon wird ein Zweihundert-Dollar-Affe sein, so wahr ich Jeremy heiße.»

Und so ging ich fröhlich und laut singend nach Hause. Als ich zu unserer Farm kam und Vater sah, kletterte ich über den Zaun und lief querfeldein auf ihn zu.

Er lächelte und sagte: «Du hast ganz recht gehabt, Junge.

Ich bin Sally holen gegangen und tatsächlich, auf einer der Platanen saß ein Affe. Weiß der Himmel, wie er dorthin gekommen ist. Ich habe noch nie gehört, daß es wilde Affen hier in der Gegend gibt.»

«Es sind auch keine wilden Affen, Vater», erwiderte ich. «Sie gehören einem Zirkus. Der Wagen, in dem sie transportiert wurden, ist umgekippt, und da sind sie auf und davon. Großvater hat es mir erzählt. Es sind ungefähr dreißig, und wer sie fängt, bekommt einen Haufen Geld. Die Zirkusleute haben eine hohe Belohnung auf sie ausgesetzt.»

«Ach, so ist das also», seufzte Vater erleichtert. «Ich war schon ganz beunruhigt, weil ich mir das Ganze nicht zusammenreimen konnte. Und die Zirkusleute haben eine Belohnung auf sie ausgesetzt, sagst du?»

«Und was für eine, Vater. Soviel Geld hast du in deinem Leben noch nicht gesehen. Fünfzig Dollar pro Affe und *zweihundert* Dollar für einen, der besonders klug sein soll.»

Vater sah mich einige Sekunden lang völlig entgeistert an, dann stieß er einen langgezogenen Pfiff aus und blickte zum Fluß hinüber.

«Mein Gott, das ist wirklich eine Menge Geld. Ich wußte nicht, daß Affen so wertvoll sind.»

«Ich auch nicht, Vater. Ich hab gedacht, ich hör nicht recht. Soviel Geld für ein paar blöde Affen.»

Vater runzelte die Stirn. «Da stimmt was nicht», sagte er mißtrauisch. «Fünfzig Dollar für einen Affen, na gut, das mag noch angehen, aber *zweihundert* Dollar. Nein, da steckt mehr dahinter, als wir wissen.»

«Großvater hat mir gesagt, die Affen könnten eine Menge Kunststücke, aber es dauert lange, ihnen diese Kunststücke beizubringen, und deshalb seien sie so wertvoll.»

Aber ich verstand Vater. Die zweihundert Dollar gingen in seinen Kopf so schwer hinein wie in meinen.

«Kunststücke, schön und gut», sagte er. «Aber zweihundert Dollar bleiben zweihundert Dollar, und für zweihundert Dollar bekommst du ein . . .» Er verstummte, offensichtlich überwältigt von der Vorstellung, was man für zweihundert Dollar alles kaufen konnte.

«Du hast ganz recht, Vater, die Sache hat einen Haken. Die Affen müssen nämlich lebend und unversehrt abgeliefert werden.»

«Hab ich's mir doch gedacht», sagte Vater triumphierend. «Das wird nicht einfach sein. Sie abzuschießen, das wäre eine Kleinigkeit, aber sie lebend einzufangen, ist eine ganz andere Sache.»

«Sicher, Vater, aber trotzdem will ich es versuchen. Irgendwie krieg ich sie schon, diese verdammten Affen.»

Vater musterte mich nachdenklich. «So, so, und womit willst du sie fangen?»

«Damit», sagte ich und zog die Fallen aus dem Jutesack. «Großvater hat sie zusammengebastelt, er meint, sie wären genau das richtige zum Affenfangen.»

Vater begutachtete sie eingehend von allen Seiten, dann meinte er kopfschüttelnd: «So was kann sich auch nur der Alte ausdenken. Verrückte Idee! Aber nicht dumm, gar nicht dumm, vielleicht funktioniert sie sogar. Also dann Weidmannsheil, Jeremy.» Er gab mir die Fallen zurück. «Vielleicht schaffst du's wirklich.»

«Ich schaff's bestimmt», versicherte ich wild entschlossen. «Morgen abend komm ich mit einem Sack voller Affen nach Haus, und einer davon ist seine zweihundert Dollar wert.»

«Ich glaub's, wenn ich's seh», erwiderte Vater lächelnd. Und mit einem Blick auf den Himmel fuhr er fort: «Und jetzt troll dich und hilf deiner Mutter, ich will hier noch fertig werden vor Sonnenuntergang.»

3

Ich schlief so schlecht in dieser Nacht, daß ich ebensogut mit den Eulen hätte Wache halten können. Jedesmal wenn ich die Augen schloß, sah ich Affen vor mir. Sie kamen einer hinter dem anderen hüpfend und schreiend auf mich zu. Jeder Affe hatte ein Preisschild um den Hals, auf dem stand, wieviel er wert war.

Doch am ärgsten setzte mir der Zweihundert-Dollar-Affe zu; er baute sich vor mir auf und grinste mich höhnisch an. Endlich schlief ich vor Erschöpfung doch ein, und da hatte ich einen wunderbaren Traum. Ich saß auf einem munteren, schmucken Pony mit einem neuen Gewehr in der Hand und ritt wie der Wind über die Hügel und schoß in alle Himmelsrichtungen.

Am Morgen war ich als erster auf, noch vor unserem roten Gockel, und das wollte schon was heißen. Nach einiger Zeit kam Vater gähnend mit dem Milcheimer in der Hand aus dem Haus. «Du bist aber früh dran», sagte er erstaunt.

«Ja, ich will meinen täglichen Kram möglichst schnell erledigen, um den Tag frei zu haben. Und heute abend komme ich dann mit einem Sack voller Affen nach Hause.»

Vater legte sein Gesicht in sorgenvolle Falten. «Ich weiß nicht recht, aber diese ganze Affengeschichte mißfällt mir. Du wirst sehen, die Biester sind zu clever für dich.»

«Aber Vater, ich habe doch schon so viele Füchse gefangen, und die sind doch nun wirklich schlau, ich kann mir nicht denken, daß Affen schlauer sind.»

«Ich bin da nicht so sicher», sagte Vater, «ich fürchte, du wirst mit diesen Affen noch dein blaues Wunder erleben. Du hast dich in diese Sache jetzt richtig verrannt, Junge, und wenn du keinen Erfolg hast, wirst du furchtbar enttäuscht sein, und solche Enttäuschungen machen einem oft jahrelang zu schaffen.»

Ich war ganz schön entmutigt durch Vaters Worte, aber dann fiel mir Großvaters Bemerkung wieder ein.

«Vater», erwiderte ich, «Großvater sagt, es gibt kein Tier, das sich nicht fangen läßt.»

«Ich hoffe, dein Großvater weiß, wovon er spricht», meinte Vater skeptisch und ging zum Stall.

Mutter schien gerade an diesem Tag eine Ewigkeit für das Frühstück zu brauchen, doch endlich stand es auf dem Tisch. Ich glaube, so schnell hat noch kein Junge je gefrühstückt. Dann lief ich in den Keller, holte mir ein paar Äpfel, packte Mutters Butterbrote ein, steckte die Fallen in einen Jutesack und machte mich auf den Weg, mein Glück zu versuchen.

Raudi und ich bewegten uns lautlos wie Indianer auf dem Kriegspfad. Es war so still am Fluß, daß ich mein eigenes Herz schlagen hörte. Ich schlich zu der Eiche, wo Raudi den Affen aufgestöbert hatte, starrte in das dichte Laub, suchte jeden Zweig mit den Augen ab, konnte aber nichts entdekken, was einem Affen auch nur im entferntesten ähnlich gesehen hätte. Ich war schon ganz niedergeschlagen, als ich plötzlich einen markerschütternden Schrei ganz in der Nähe hörte. Es war kein Angstschrei, eher ein Warnruf.

Ich kannte kein Tier, das solch einen Laut von sich gab, und mein Herz fing an, wie wild zu klopfen. Immer wenn ich Angst habe, scheint mein Herz es früher zu wissen als ich und spielt verrückt. Und nun fing zu allem Überfluß auch noch Raudi zu knurren an. Seine Beine wurden ganz steif, was immer ein Zeichen dafür ist, daß er sich in Kampfstimmung befindet.

«Was war das, Raudi?» flüsterte ich heiser. «Bestimmt kein Affe. Affen sind kleine, magere Dinger, so einen Höllenlärm kann nur ein Ungetüm machen.»

Nach dem einen, furchterregenden Schrei herrschte wieder tiefe Stille. Ich machte mich daran, die Fallen aufzustellen, so wie Großvater es mir gesagt hatte. Rund um die Eiche, einen Meter entfernt vom Stamm, grub ich sechs kleine Löcher in den weichen Boden; in die stellte ich die Fallen, spannte die Federn und tarnte das Ganze mit Blättern. Dann kamen die Äpfel an die Reihe. Ich drückte einen Nagel mit einer Bindfadenschlaufe in jeden Apfel und hängte sie an die niedrigen Zweige über den Fallen.

Nach getaner Arbeit trat ich einen Schritt zurück, um mein Werk zu begutachten. Es schien mir recht gelungen. Alles, was man sah, waren die Äpfel, dicke rotbackige Äpfel. Sie sahen so appetitlich aus, daß ich am liebsten selber in einen reingebissen hätte.

Ich stand noch immer in Bewunderung versunken da, als ich plötzlich etwas durchs Laub flitzen sah. Schnell griff ich nach meinem Jutesack und flüsterte Raudi zu: «Paß auf, alter Junge, ich glaube, das war ein Affe. Komm, wir verstecken uns, mal sehen, was dann passiert.»

Ungefähr zwanzig Meter entfernt standen einige Holunderbüsche, ein besseres Versteck konnte man sich gar nicht denken. Ich machte es mir bequem, holte meine Butterbrote und die Äpfel hervor, setzte mich auf den leeren Sack und wartete.

Warten war jedoch nicht meine starke Seite. Das halbe Leben schien mit Warten zu vergehen. Immer wartete ich auf irgend etwas – auf Weihnachten, auf das Erntedankfest, auf das Frühjahr, auf die Jagdzeit, und jetzt wartete ich auf einen Affen.

Je länger ich wartete, desto unbequemer wurde es mir. Ich war hungrig, ich war durstig, mir war heiß. Die Mücken stachen mich, und noch immer ließ sich weit und breit kein Affe sehen. Ich war schon fast überzeugt, daß es im Umkreis von hundert Kilometern keinen einzigen Affen gäbe. Doch plötzlich, als sei er aus dem Boden gewachsen, stand ein Affe da. Ich hielt den Atem an.

Der Affe rührte sich nicht. Er starrte auf die Äpfel und wiegte den Kopf hin und her, als ringe er um einen Entschluß. Dann fing er an zu hüpfen und zu schreien.

Und nun passierte etwas so völlig Unerwartetes, daß ich einen Moment lang dachte, ich träume: Es regnete Affen. Sie kamen aus Bäumen und Büschen, von rechts und von links, große Affen, kleine Affen, dürre Affen, dicke Affen, es wimmelte nur so von Affen.

Ich wurde vor Angst stocksteif. Sie rannten hin und her, hüpften, hopsten, kreischten, schließlich hockten sie sich drei Meter von meinen Fallen entfernt in einer Gruppe eng zusammen und plapperten aufgeregt wie Frauen nach dem Sonntagsgottesdienst.

Raudi richtete sich auf, zeigte die Zähne und fing an zu knurren. Ich legte meine Hand auf seinen Rücken und fühlte, wie seine Muskeln vor Anspannung und Aufregung zitterten.

«Raudi», flüsterte ich, «bleib bloß ruhig, verscheuch mir die Affen nicht, sie sind mehr Geld wert, als wir beide je wieder sehen werden. Wenn du sie mir jetzt vertreibst, sperr ich dich ein Jahr lang in den Heuschober – ohne Futter und Wasser.»

Natürlich meinte ich es nicht ernst, aber das wußte Raudi zum Glück nicht. Er legte sich gehorsam wieder hin und gab keinen Muckser mehr von sich.

Ein Äffchen, kühner als die anderen, verließ die Gruppe und steuerte schnurstracks auf meine Falle zu. Ich griff nach dem Jutesack. Der erste war gefangen! Dachte ich. Denn plötzlich erscholl wieder der gleiche ohrenbetäubende Schrei wie vorhin. Die Affen verstummten wie auf Kommando, keiner rührte sich. Der Schrei schien für sie eine Art Signal zu sein. Das vorwitzige Äffchen, das ich schon gefangen glaubte, lief eiligst zu den anderen zurück.

Ich spürte, daß wer immer den Schrei ausgestoßen hatte, jetzt ganz in der Nähe war, und fühlte mich alles andere als wohl.

«Raudi», flüsterte ich. «Paß jetzt bloß auf, laß den Schreihals ja nicht zu nah herankommen.»

Raudi schnüffelte und zitterte. Ich hätte für mein Leben gern gewußt, ob aus Ärger oder vor Angst. Denn wenn Raudi Angst bekam, dann war es höchste Zeit, sich aus dem Staube zu machen.

Noch bevor ich wußte, was ich als nächstes tun sollte, hörte ich wieder den Schrei, doch diesmal so nah, daß ich dachte, mein Trommelfell würde platzen. Vor Schreck standen mir sämtliche Haare zu Berge.

Der Schrei kam von oben. Ich blickte in die Baumkronen. Und da sah ich ihn. Er stand auf dem obersten Ast einer hohen Platane. Ein Junge, etwas kleiner als ich. Aber was tat er dort? Warum schrie er sich die Seele aus dem Leib? Vielleicht war er zu hoch hinaufgeklettert und konnte nicht mehr herunter? Das war mir auch schon gelegentlich passiert, und Vater hatte mir zu Hilfe kommen müssen. Aber vielleicht war der Junge auch verrückt. Daisy hatte mir öfters von verrückten Leuten erzählt, sie machen offenbar ganz eigenartige Sachen.

Meine Angst war verflogen, jetzt war ich nur noch wütend.

«Raudi», flüsterte ich, «dieser blöde Bengel verdirbt uns alles. Wenn er noch lange so laut schreit, vertreibt er die Affen.»

In diesem Moment bewegte der Junge sich. Er war von oben bis unten mit schwarzen Haaren bedeckt, hatte kurze, stämmige Beine und endlos lange Arme. Es war also kein Junge, sondern ein Tier.

Die Farbe seiner Augen konnte ich nicht erkennen, aber ich hätte schwören können, sie waren so rot wie bei unserem Gockel. Und rote Augen jagen mir immer Angst ein, ich weiß nicht, warum. Natürlich fing mein Herz wieder an zu klopfen, und in meinem Magen kribbelte es, als hätte ich einen Ameisenhaufen verschluckt.

«Raudi», flüsterte ich. «Ich hab noch nie so ein Tier gesehen. Ich wünschte, wir wären weit fort.»

Und das ist nun das Ende meiner Affenjagd, dachte ich traurig, und bereitete meinen Rückzug vor. Doch dann fiel mir der Zweihundert-Dollar-Affe wieder ein. Hatte Großvater nicht gesagt, er sähe anders aus als die übrigen Affen? Und das tat dieser zweifellos. Ich starrte ihn an wie ein hypnotisiertes Kaninchen.

Und plötzlich stieß er wieder einen Schrei aus, lief ans äußerste Ende eines dicken Astes und reckte sich. Ich sprang erschrocken auf. Der Affe hangelte sich an seinen langen Armen von Ast zu Ast und landete mit einem kühnen Sprung auf dem Boden, genau zwischen meinen Fallen und den anderen Affen.

Das alles geschah mit geradezu atemberaubender Geschwindigkeit. Ich hatte immer die Wendigkeit der Eichhörnchen bewundert, aber verglichen mit dem Affen waren sie lahme Enten.

Die Affengruppe hatte sich die ganze Zeit über nicht gerührt, sie stand mucksmäuschenstill dicht beieinander und beobachtete gespannt den großen Affen.

Doch dann beschloß einer von ihnen, daß die Äpfel nicht nur zum Ansehen da wären. Er löste sich aus der Gruppe und steuerte mit hochgestelltem Schwanz direkt auf meine Fallen zu.

Der große Affe sah es und geriet außer sich. Er sprang auf und ab und stieß tiefe ärgerliche Laute aus. Der kleine Affe schien genau zu verstehen, was er sagte, quietschte, als hätte ihn jemand auf den Schwanz getreten, und rannte beschämt zu den anderen zurück.

«Raudi», flüsterte ich, «hast du gesehen, was der große Affe eben gemacht hat? Er wußte, daß der Kleine sich in Gefahr begab und hat ihn gewarnt. Er hat richtig mit ihm gesprochen. Großvater hat uns nicht erzählt, daß Affen sprechen können.»

Aber das war noch nicht alles. Der große Affe drehte sich jetzt um und richtete seinen Blick direkt auf mein Versteck. Dann verzog er das Maul zu einem höhnischen Grinsen, als wollte er sagen: «*Die* Suppe habe ich dir versalzen, Bürschchen.»

«Großer Gott, Raudi, hast du die Zähne gesehen?» flüsterte ich. «Greif ihn ja nicht an, sonst frißt er dich auf, und zwar mit Haut und Haaren.»

Doch Raudi schien völlig unbeeindruckt. Hätte ich gesagt: «Fang sie!», wäre er nur so aus den Holunderbüschen geschossen. Vielleicht hätte er eine gehörige Tracht Prügel bezogen, aber die Affen hätten bestimmt auch eine Menge Haare bei dem Kampf gelassen.

Meine Angst, daß der große Affe uns angreifen würde, war überflüssig. Er wandte uns brummend den Rücken zu und ging näher an die Fallen heran. Einen Meter vor ihnen blieb er nachdenklich stehen und gab komische Geräusche von sich, als führe er ein Selbstgespräch.

Mir wurde ganz anders vor lauter Aufregung. Plötzlich griff der Affe mit seinem langen Arm über meine Falle hinweg nach einem Apfel und zog so lange an ihm, bis der Nagel herauskam. Er hielt ihn in der Hand, genau wie ich es getan hätte, biß einmal kräftig hinein und warf den Rest den kleinen Affen zu.

Unter ohrenbetäubendem Gekreisch und Gezeter balgten sie sich um den Apfel – in Null Komma nichts hatten sie ihn bis auf den letzten Kern verputzt. Aber der große

Affe sorgte für Nachschub. Er ging gemächlich um meine Eiche herum und pflückte Apfel um Apfel, meine Fallen sorgsam meidend. Mehr als einen Bissen schien er für sich nicht zu beanspruchen, den Rest überließ er jedesmal den Kleineren.

Als der letzte Apfel in den Affenmägen verschwunden war, tat er etwas sehr Merkwürdiges. Er schlug Purzelbäume und stieß dabei Laute aus, die ich noch nie zuvor gehört hatte. Ich sah ihm zu, und plötzlich ging mir ein Licht auf. Kein Zweifel – er lachte mich aus. Und da fiel mir mein Traum wieder ein. Der Zweihundert-Dollar-Affe, der vor mir gestanden und mich höhnisch angegrinst hatte.

Ich spürte, wie mir das Blut in den Kopf stieg und ich über und über rot wurde. Ich sah zu Raudi rüber. Wenn er mich jetzt auch auslachte, würde er eines hinten vor kriegen. Aber Raudi lachte nicht, er nahm diese Affenjagd ebenso ernst wie ich.

Der große Affe brach seine Vorstellung jählings ab und wandte sich den kleineren zu. Er stieß zwei tiefe Grunzlaute aus und verschwand blitzschnell in den Eichenzweigen. Die Kleinen hast du nicht gesehen hinterher.

Und wieder war es so still, daß man das Hüpfen einer Heuschrecke hätte hören können.

«Hättest du so was für möglich gehalten, Radi?» fragte ich, noch immer verwirrt. «Großvater hat uns zwar gewarnt, daß Affen schlau sind, aber daß sie *so* schlau sind, hätte ich nicht gedacht. Dir ist doch wohl klar, daß der große Affe die ganze Zeit auf der Platane hockte und mich beim Fallenstellen beobachtet hat. Und dann hat er meine Äpfel geklaut und mich einfach ausgelacht.»

Meine erste Begegnung mit den Affen ließ sich kaum als Erfolg bezeichnen, aber so schnell gab ich mich nicht geschlagen. Großvater hatte mir schließlich so ziemlich alles über das Jagen und Fallenstellen beigebracht, und mit ein bißchen Geduld und Glück würde ich diese Neunmalklugen bald im Sack haben.

«Raudi», sagte ich ganz lässig, so als ob nichts geschehen wäre, «wenn dieser Affe wüßte, daß er sich mit dem besten Fallensteller im ganzen Irokesenland angelegt hat, würde ihm sein Lachen schon vergehen. Paß auf, er wird uns in die Falle gehen wie eine hirnlose Maus.»

Raudi winselte, leckte mir die Hand, und gleich kehrte mein Selbstvertrauen zurück – zu zweit würden wir es bestimmt schaffen.

Ich nahm drei weitere Äpfel und schnitt sie durch. Dann zog ich die Fallen aus ihrem Versteck und schlug mit dem Stock auf sie ein, um die Abzugfeder auszulösen. Als nächstes löste ich die Bindfäden von den Nägeln und befestigte damit die Äpfel an den Abzugfedern der Fallen. Dann stellte ich die Fallen wieder an ihre alten Plätze und bedeckte sie sorgfältig mit Laub, so daß man nur die Äpfel sehen konnte.

«Raudi», sagte ich, «schau dir das an, kein Stück Metall schimmert durch. Da kann der große Affe so schlau sein wie er will, wenn er sich diesmal den Apfel holt, sitzt er mit dem Fuß fest.»

Während ich die Fallen tarnte, sah ich mich ständig um, aber kein Affe ließ sich blicken. Trotzdem hatte ich das Gefühl, von tausend Affenaugen beobachtet zu werden.

Siegesgewiß zwinkerte ich Raudi zu. «Komm, alter Junge, gleich geht's los.»

Ich kehrte nicht direkt zu meinem Versteck zurück, sondern lief erst mal in die entgegengesetzte Richtung, um den großen Affen irrezuführen. Ich fand die Idee zunächst recht gut, doch dann kamen mir Zweifel. Wenn der Affe in einer der Baumkronen saß, konnte er jede Bewegung von mir verfolgen und würde sich wieder eins ins Fäustchen lachen.

Aber nicht lange, denn diesmal würde er mir nicht durch die Lappen gehen. Ich war so sicher, ihn zu erwischen, daß ich mich nicht mal auf den Jutesack setzte, sondern ihn gleich in der Hand behielt, um ihn so schnell wie möglich über den gefangenen Affen stülpen zu können.

Raudi und ich brauchten nicht lange zu warten. Es waren keine fünf Minuten vergangen, als die Affenschar schreiend und quietschend aus den Bäumen sprang.

«Schau Raudi, die haben's aber eilig», flüsterte ich. «Es sieht fast so aus, als würden sie das Ganze als eine Art Spiel betrachten. Nun, wenn sie erst im Sack zappeln, werden sie schon merken, daß es kein Spiel war.»

Der große Affe erschien diesmal als erster. Er sprang dicht neben einer meiner Fallen zu Boden. Die kleineren tummelten sich in einiger Entfernung und schienen nichts Böses zu ahnen. Doch kaum kam einer von ihnen den Fallen zu nahe, geriet der große Affe ganz aus dem Häuschen.

Er kreischte, als wäre man ihm mit einem Brandeisen auf den Fersen, hopste auf und nieder und stieß tiefe Grunztöne aus. Er schoß auf die kleinen Affen zu, so daß sie völlig verstört zurückfuhren. Schließlich gelang es ihm, sie alle unter einen Baum zu treiben, wo sie sich verschüchtert zusammenkauerten.

Hätte ich geahnt, was nun kommen sollte, wäre ich vorher abgezogen. Ich stecke ungern zweimal an einem Tag eine Blamage ein.

Doch zuerst ließ die Sache sich durchaus hoffnungsvoll an. Der Affe ging wieder ganz nah an meine Fallen heran und sah so nachdenklich aus wie unsereins bei seinen Rechenaufgaben. Dann kratzte er sich versonnen am Kopf, was mich an Großvater erinnerte, wenn er ein schwieriges Problem zu lösen hat.

«Raudi», flüsterte ich, «wetten, der Affe weiß, daß die Fallen dort liegen? Jetzt überlegt er sich, wie er an die Äpfel herankommt, ohne reinzutappen. Aber du wirst sehen, diesmal ist er der Dumme.»

Doch der Dumme war ich.

Der große Affe schlug plötzlich wieder seine närrischen Purzelbäume, und ich hatte das ungute Gefühl, er kugle sich vor Vergnügen über irgendeinen glänzenden Einfall, der ihm gerade gekommen war. Dann stieß er seinen eigenartigen Schrei aus und hob einen Ast vom Boden auf. Er hielt ihn mit seinen langen Armen weit von sich und hieb auf die Äpfel ein, als seien sie Schlangen, die es zu töten galt.

Als ich das Zuschnappen der ersten Falle hörte, wäre ich vor Wut fast geplatzt. Es war zum Verrücktwerden. Der Zweihundert-Dollar-Affe entschärfte systematisch jede einzelne Falle, und bei jedem Zuschnappen richtete er den Blick auf mein Versteck und kreischte höhnisch.

Nach getaner Arbeit machte er sich über die Äpfel her, aber er riß sie nicht etwa mit den Zähnen ab, o nein, er knüpfte fein säuberlich mit den Fingern die Bindfadenknoten auf.

Trotz meiner Wut mußte ich zugeben, daß der Affe nicht nur sehr schlau, sondern auch ausgesprochen großzügig war. Jeder der kleinen Affen bekam einen Teil der Beute ab.

Als alles vorbei war, und die Affen wieder in den Bäumen verschwanden, blickte ich Raudi trostheischend an. Doch diesmal wußte auch er keinen Rat. Er saß völlig verdattert mit gespitzten Ohren da und starrte mich an. Einen verblüffteren Jagdhund hatte die Welt noch nicht gesehen.

«Hätt' ich nur Vaters Flinte, Raudi, dann würde ich ihm eine Schrotladung auf seinen verdammten Affenhintern brennen. Ich meine, mich zum Narren zu halten, ist schon schlimm genug, aber mich auch noch auszulachen, das geht zu weit.»

Raudis Blick war voller Mitgefühl. Ich stand auf, packte die Äpfel, die Butterbrote und die Fallen in den Jutesack und setzte mich auf einen Baumstumpf, um ein wenig nachzudenken. Und wenn ich über ein schwieriges Problem nachdenke, dann am besten laut.

«Jeremy», sagte ich zu mir, «es gibt nur eine Möglichkeit, du mußt dir diesen alten Schlaumeier vom Halse schaffen. Wenn er weg ist, fängst du die kleinen Affen im Handumdrehen. Die sind so dumm wie Bohnenstroh. Am besten, du gehst jetzt nach Hause, holst Vaters Gewehr und räumst den großen Affen ein für allemal aus dem Weg.»

«Nein», fuhr ich laut fort, «Jeremy, du bist verrückt. Wenn du das tust, könntest du gleich zweihundert Dollar an einen Ast hängen und darauf schießen. Und vergiß nicht den alten Mann vom Berg, weiß der Himmel, was er dir antut, wenn du einen dieser Affen tötest.»

Mein Auge fiel auf Raudi, und da kam mir der rettende Einfall, so glaubte ich jedenfalls in diesem Moment. Ungefähr fünf Meter entfernt von mir beschnupperte Raudi einen hohlen Baumstamm. Löcher oder Höhlen besaßen für ihn eine unwiderstehliche Anziehungskraft. Ich ging hin und sah mir die Sache genauer an. Das Loch war für mein Vorhaben wie geschaffen. Es war groß und über einen Meter tief. Ich war so glücklich, daß ich Raudi am liebsten geküßt hätte, aber er mag keine Küsse.

Geradezu liebevoll strich ich über den Baumstamm. «Raudi, wenn du den ganzen Fluß abgeschnüffelt hättest, was Besseres hätte dir nicht unter die Schnauze kommen können.» Ich legte meine Äpfel in die Höhle und stellte erneut meine Fallen auf. Diesmal mußte der Superaffe regelrecht durch die Fallen *waten*, um an die Äpfel heranzukommen. Und wenn ihm das gelang, nun gut, dann gab ich mich geschlagen.

Raudi begriff, daß ich über irgendwas hochbefriedigt war, er stellte sich auf die Hinterbeine und leckte mein Ohr mit seiner langen, rosa Zunge.

«Weißt du was, Raudi, ich hab einen gewaltigen Durst, laß uns erstmal was trinken, bevor wir uns ernsthaft an die Arbeit machen.»

Ganz in der Nähe, am oberen Ende eines alten Sumpflochs, sprudelte herrlich frisches Wasser aus einer Quelle. Ich hatte sie die Jeremy-Quelle getauft. Raudi und ich hatten sie gemeinsam entdeckt, und ich betrachtete sie als mein Eigentum.

Wir tranken beide, und ich wusch mir mein erhitztes Gesicht, dann gingen wir zurück.

Raudi und ich hatten diese Flußniederung oft genug durchstreift und waren auf so manche Überraschung gefaßt. Doch als wir zu der großen Eiche zurückkamen, erwartete uns die Überraschung unseres Lebens. Alles war weg. Der Jutesack, meine Butterbrote, die Äpfel, die Fallen, alles spurlos verschwunden.

«Raudi!» rief ich. «Wo ist mein Sack? Such!»

Raudi begann eine eilige Schnüffelaktion. Sie führte ihn zu der hohen Platane. Er stemmte die Vorderpfoten gegen den Stamm und winselte.

«Raudi, was soll das», sagte ich ärgerlich. «Ein Sack klettert nicht auf einen Baum, das weißt du doch!»

Raudi schien anderer Meinung zu sein. Er bestand darauf, daß der Sack auf den Baum geklettert war und fuhr fort, wütend den Stamm anzukläffen. Das gab mir zu denken, denn wenn in dieser Welt auf ein Wesen Verlaß ist, dann auf Raudi. Ich kniff die Augen zusammen, um besser sehen zu können, und plötzlich dachte ich, mich trifft der Schlag.

Saß doch dort oben, lässig an den Stamm gelehnt, mein Zweihundert-Dollar-Affe und mampfte genüßlich eins meiner Butterbrote. Der Sack mit den Fallen lag ordentlich zusammengefaltet auf einer Astgabel neben ihm.

«Du gemeiner Dieb», schrie ich, «gib mir sofort meine Sachen zurück, aber sofort, sag ich dir!»

Ich hätte mir denken können, daß ihm nichts ferner lag als das. Er hopste wie ein Irrer auf seinem Ast herum und lachte sich halbtot.

Irgendwie mußte ich meinem Ärger Luft machen. Ich griff nach einem Stein und warf ihn mit aller Kraft. Ich traf den Affen zwar nicht, aber er wurde wütend. Er nahm einen Apfel und zielte nach mir, ich mußte zur Seite springen, um ihn nicht an den Kopf zu kriegen.

Das war selbst mir zuviel. Ich bin ja wirklich der geduldigste Junge auf Gottes Erdboden, aber ich laß mich nicht von Affen mit meinen eigenen Äpfeln beschmeißen. Zum Glück hatte ich meine Schleuder dabei, ich zog sie aus der Tasche und stellte fest, daß ich keinen einzigen Stein dabei hatte. Die ganze Welt hatte sich offenbar gegen mich verschworen.

Aber in der Nähe gab es einen ausgetrockneten Bach mit einer Menge großer Kiesel. Ich lief hin und füllte meine Taschen mit Munition. Als ich zurückkam, stand der Affe hoch aufgerichtet auf dem Ast.

«Raudi», flüsterte ich, «der alte Mann vom Berg kann mir gestohlen bleiben, so was lassen wir uns nicht bieten. Jetzt brenn ich ihm eins auf den Pelz, daß ihm Hören und Sehen vergeht.»

Ich legte den Stein in die Schlinge, spannte das Gummiband so weit ich konnte und zielte. Der Stein traf den Affen mitten auf den Bauch. Er stieß einen Wutschrei aus, der weit über die Flußniederung hallte. Ich wieherte vor Vergnügen.

«Na», rief ich, «jetzt ist dir das Lachen vergangen, was?» Und feuerte mein nächstes Geschoß ab.

Das hätte ich besser nicht tun sollen. Der Affe geriet außer sich vor Wut. Er stieß tiefe, gurgelnde Schreie aus, und das ganze Affenvolk schwang sich von den Bäumen.

Ich wich, schreckensbleich, zurück. «Raudi», rief ich, «nichts wie weg, die wollen uns fressen.»

Als letztes sah ich noch, wie der Zweihundert-Dollar-Affe sein riesiges Maul öffnete und mir seine großen, spitzen Zähne zeigte, aber da waren wir schon weit fort.

Nie hätte ich mir träumen lassen, daß ich vor einem Affen weglaufen würde.

4

In meiner panischen Angst rannte ich blindlings geradewegs durch Büsche und Gestrüpp und Raudi immer hinter mir her, obwohl er keine Angst hatte. Er hätte nur zu gerne mit den Affen gekämpft, aber ohne mich machte es ihm keinen rechten Spaß.

Ranken und Dornenzweige griffen nach meinen Kleidern, ich lief weiter, ohne auf sie zu achten. Sie zerfetzten mein Hemd und meine Hose. Ich glaubte, den heißen Atem der Affen im Nacken zu spüren, aber ich wagte nicht mich umzudrehen. Endlich erreichte ich den Zaun, der unsere Felder umgab. Mit einem Satz brachte ich mich in Sicherheit. In der Mitte des ersten Felds blieb ich stehen und sah mich zum erstenmal um. Kein Affe weit und breit.

«Raudi», sagte ich, «meinst du nicht auch, daß diese Affen uns glatt gefressen hätten?»

Vater arbeitete am anderen Ende des Felds, er muß meinen Hechtsprung über den Zaun beobachtet haben, denn er rief mir zu: «Was ist los, Jeremy, ist was passiert?»

«Alles in Ordnung, Vater», schrie ich zurück, «nur ein bißchen Ärger mit den Affen.»

Aber so leicht war Vater nicht abzuwimmeln. Er winkte mich zu sich. Ich sah an mir herunter, eine Vogelscheuche in Mutters Garten hätte nicht ärger aussehen können. Aber das schlimmste von allem war, daß ich mich vorher so aufgespielt hatte als großer Affenjäger. Am liebsten wäre ich im Boden versunken. Vater musterte mich stirnrunzelnd: «Vor wem bist du fortgelaufen? Und wie siehst du überhaupt aus? Deine Kleider sind ja völlig zerrissen, also – raus mit der Sprache.»

Ich konnte Vater nicht in die Augen sehen.

«Ich bin vor den Affen weggelaufen», sagte ich und fummelte an einem der Löcher in meiner Hose. «Und dabei bin ich wohl an einem der Dornenbüsche hängengeblieben.»

«So, du bist vor den Affen fortgelaufen, waren sie denn hinter dir her?»

«Ich weiß nicht, Vater, ich hab mich nicht umgesehen, aber ich glaube schon.»

Vater schmunzelte. «Na, na, so gefährlich können Affen doch gar nicht sein. Wahrscheinlich hast du dir nur eingebildet, daß sie dich verfolgen.»

«Ich weiß nicht, Vater, diesen Affen traue ich alles zu, die sind verdammt schlau. Sie haben sich ganz schön lustig gemacht über mich.»

«Wie meinst du das?»

«Es sind wahre Teufel. Sie haben mir alles gestohlen, meine Butterbrote, meine Fallen, meinen Jutesack, einfach alles. Und meine Schleuder haben sie inzwischen wohl auch; ich hab sie fallenlassen, als ich abhaute.»

«Ich dachte mir gleich, daß es nicht so leicht sein wird, diese Affen zu fangen. Irgendwo hab ich mal gelesen, daß Affen ganz durchtriebene Biester sind, vor allem die dressierten.»

«Die kleinen Affen nicht, Vater, ich wette, die würde ich allesamt binnen zwei Stunden im Sack haben. Nein, es ist der Zweihundert-Dollar-Affe, mit dem ich nicht fertig werde.»

«Ich dachte, alle Affen sehen gleich aus», sagte Vater, «woher weißt du, welcher der Zweihundert-Dollar-Affe ist?»

«Er ist viel größer als die anderen», sagte ich. «Und wenn er sich aufrichtet, sieht er aus wie ein kleiner Junge. Der ist ein ganz Schlauer. Ich glaube nicht, daß er mir je in die Falle geht.»

«Wenn er so gescheit ist, dann laß' ihn doch laufen und fang nur die kleinen Affen, die bringen doch auch eine Menge Geld.»

«Das ist nicht so einfach, Vater. Der große Affe ist sozusagen der Anführer. Er sagt den Kleinen, was sie tun sollen, und sie gehorchen ihm aufs Wort. Er hält sie von den Fallen fern.»

Vater sah mich stirnrunzelnd an, und ich hatte den Eindruck, er glaubte mir nicht.

«Willst du mir etwa weismachen, daß die Affen miteinander sprechen?»

«Ja, Vater, genau das. Ich habe sie miteinander sprechen hören. So wahr ich hier stehe. Der große Affe hat mich sogar ausgelacht. Er kann Purzelbäume schlagen und kennt eine Menge Tricks. Du würdest es nicht für möglich halten.»

Ich merkte, daß er mir immer weniger glaubte. Vater dachte vermutlich, ich spinne. Irgendwie *mußte* ich ihn überzeugen. Also erzählte ich die ganze Geschichte noch mal von Anfang an.

Er hörte mir geduldig zu, aber ich sah den Zweifel in seinen Augen. Zuweilen blickte er zum Fluß hinüber. Schließlich nickte er, als hätte er eine befriedigende Antwort gefunden. Er band die Zügel des Maulesels um den einen Griff der Sämaschine und sah mich an.

«Also, Korn hin, Korn her», sagte er, «du hast mich neugierig gemacht. Jetzt wollen wir doch mal sehen, ob deine Affen wirklich so schlau sind, wie du behauptest.»

Kurz bevor wir die Flußniederung erreichten, hob Vater einen Knüppel auf. «Ich glaub zwar nicht, daß die Affen auf uns losgehen werden», sagte er, «aber Vorsicht ist die Mutter der Porzellankiste.»

Ich ging voraus. Ein paar Minuten später standen wir unter der Platane. Und da erwartete mich eine neue Überraschung. Mein Jutesack war fort und weit und breit kein Affe zu sehen.

Wir durchstreiften die ganze Flußniederung und starrten in jede Baumkrone, bis uns der Nacken weh tat. Nach einer halben Stunde sagte Vater: «Ich fürchte, deine Affen sind auf und davon!»

«Das glaub ich nicht, Vater. Ich wette, sie sitzen auf irgendeinem Baum und beobachten uns. Du ahnst ja gar nicht, was für gerissene Luder das sind.»

«Vielleicht sollten wir ein bißchen Lärm machen, um sie aufzuscheuchen?»

Unser Gejohle weckte zwar sämtliche Nachteulen in der Umgebung, aber kein Affe rührte sich.

Vater schüttelte den Kopf. «Die Affen haben sich ein neues Quartier gesucht. Hier sind sie jedenfalls nicht. Was willst du jetzt tun?»

«Ich werde zu Großvater gehen. Vielleicht weiß der einen Rat. Ich bin ziemlich sicher, daß die Affen noch hier sind.»

«Ja, das ist keine schlechte Idee», sagte Vater. «Wenn einer mit diesen Affen fertig wird, dann der Alte.»

Und wenn die Affen nun wirklich die Flußniederung für immer verlassen hatten? Ein furchtbarer Gedanke. Dann war es aus mit dem Traum vom Pony und Gewehr.

Vater mußte meine Gefühle erraten haben. «Kopf hoch», sagte er, «wenn du recht hast, und die Affen sind noch immer hier, dann bin ich sicher, daß Großvater irgendwas einfällt.»

«Hoffentlich, Vater, wenn ich mir vorstelle, daß ich das viele Geld schon fast in der Tasche hatte und schließlich doch keinen Cent bekomme – das macht mich ganz krank. Wenn der verdammte große Affe nicht gewesen wäre, hätte ich wenigstens die Fünfzig-Dollar-Affen schon auf Nummer sicher.»

Vater lachte. «Ich mach dir einen Vorschlag, wenn ich das Feld bestellt habe, und du die Affen noch nicht gefunden hast, dann nehme ich mir zwei Tage frei und helfe dir suchen. Auf deinen überschlauen Affen bin ich jetzt wirklich gespannt.»

Vaters Worte verscheuchten meine finsteren Gedanken im Nu.

Er sah mich von der Seite an. «Bevor du zu Großvater gehst, sag Mutter Bescheid. Es wird sie beruhigen, wenn sie weiß, daß du nicht mehr am Fluß bist.»

«Wird gemacht», sagte ich und rannte davon.

Ich hatte nicht vor, Mutter und Daisy von meinen Schwierigkeiten mit den Affen zu erzählen, aber ich hätte wissen müssen, daß den beiden nichts entging. Es ist erstaunlich, was Frauen alles merken.

Sie saßen in der Küche und pulten Erbsen aus. Mutter sah mich nur an – und sämtliche Erbsen fielen ihr aus der Hand. Man hätte meinen können, sie erblicke ein Gespenst.

«Mein Gott, Jeremy», rief sie entsetzt. «Wie siehst du denn aus? Was ist bloß passiert?»

«Was soll passiert sein, Mutter?» fragte ich so harmlos wie möglich. «Ich bin gerannt und an einem Busch hängengeblieben, da ist doch nichts dabei, oder?»

Doch Mutter hörte mir gar nicht richtig zu, sie war nur an meinen zerrissenen Kleidern interessiert.

«Warum bist du gerannt? War jemand hinter dir her?»

Eine gefährliche Frage. Jetzt hieß es aufpassen. Mutter war glatt zuzutrauen, daß sie mir verbieten würde, je wieder an den Fluß zu gehen, wenn sie erführe, was sich dort abgespielt hatte.

«Mutter», sagte ich vorwurfsvoll, «immer denkst du, irgendwelche wilden Tiere seien hinter mir her. Du siehst doch, daß ich heil und gesund bin. Was willst du mehr?»

Der ängstliche Blick wich aus Mutters Augen, und hätte sich Daisy nicht eingemischt, wäre alles glattgegangen. Aber sie konnte mich einfach nicht in Ruhe lassen.

«Hast du deine Affen gefangen?» fragte sie neugierig.

«Nein», brummte ich und warf ihr einen vernichtenden Blick zu. «Nein, bis jetzt noch nicht.»

«Wo sind denn die Fallen und der Jutesack», bohrte sie weiter.

Also, ich hab meine kleine Schwester ja wirklich gern, aber manchmal könnte ich sie einfach erwürgen. Ich tat so, als hätte ich ihre Frage nicht gehört.

«Mutter», sagte ich, «die Affen lassen sich nicht mit Fallen fangen. Ich muß mich noch mal mit Großvater beraten. Brauchst du was aus dem Laden?»

«Nein», sagte Mutter, «heute nicht, aber mich würde auch interessieren, wo deine Fallen und dein Sack hingekommen sind.»

Ich habe Mutter noch nie angelogen – in diesem Moment war ich drauf und dran, es zu tun. Dann brachte ich es aber doch nicht fertig.

«Die Affen haben den Sack und die Fallen mitgenommen», sagte ich, als sei das die natürlichste Sache von der Welt. «So, und jetzt lauf ich besser, bevor es dunkel wird.»

Aber ich hatte nicht mit Daisy gerechnet. «Was sagst du da», rief sie mit blitzenden Augen. «Die Affen sind mit deinem Sack und den Fallen auf und davon? Wie haben sie denn das gemacht?»

«Sie haben mir alles geklaut!» schrie ich wütend. «Mir nix, dir nix gestohlen. Bist du jetzt zufrieden?»

Daisy lachte und lachte – sie kriegte sich gar nicht wieder ein.

«Mutter, sag ihr, sie soll aufhören! Wenn ich sie mal auslache, machst du gleich ein Höllenspektakel, aber sie darf machen, was sie will.»

«Jeremy», verwies mich Mutter streng, «du solltest dich schämen, so was zu sagen. Und jetzt verschwinde. Aber bevor du zu Großvater gehst, zieh dich bitte um.»

Ich biß mir auf die Lippen und verkrümelte mich eiligst.

Großvater saß auf der Veranda in seinem Schaukelstuhl, eine Fliegenklatsche in der Hand, und betrachtete die Welt. Als Raudi und ich vor ihm standen, senkte er den Kopf und musterte uns über den Brillenrand hinweg.

«Du kannst die Affen in die Scheune einsperren», sagte er, «dort sind sie sicher aufgehoben.»

Ich grinste, obwohl mir gar nicht danach zumute war.

«Du weißt genau, Großvater, daß ich keinen einzigen Affen gefangen habe.»

«Was du nicht sagst!» rief Großvater und tat, als sei er höchst erstaunt. «Wie ist das möglich? Hast du sie nicht gefunden?»

«Gefunden schon», gab ich mürrisch zurück. «Die Flußniederung wimmelt von Affen, genau wie du gesagt hast.»

«Und der Zweihundert-Dollar-Affe, hast du den auch gesehen?»

«Gesehen!» rief ich, «und wie ich ihn gesehen habe. Er ist das klügste Tier, das man sich vorstellen kann. Er ist klüger als der Präsident von Amerika.»

Großvater lachte. «Nun, schon aus patriotischen Gründen kann man da nur hoffen, daß du nicht recht hast. Aber jetzt erzähl, was ist passiert?»

Ich holte tief Luft und erstattete Großvater einen ausführlichen Bericht.

Großvater rutschte unruhig auf dem Schaukelstuhl hin und her, als hätte ihn etwas gebissen, dann zog er sein großes, rotes Taschentuch hervor und schneuzte sich umständlich die Nase, wobei er puterrot anlief. Ich kannte ihn gut genug, um zu wissen, daß er sich nur mit größter Mühe das Lachen verkniff. Normalerweise macht es mir nichts aus, wenn Großvater über mich lacht, aber für diesen Tag war ich eigentlich schon bedient.

Endlich beruhigte Großvater sich: «Ich habe schon vermutet», sagte er, «daß der Zweihundert-Dollar-Affe schlau sein würde, aber daß er *so* schlau ist, hab ich nicht gewußt.»

«Ich auch nicht, Großvater. Und eins steht fest, der geht in keine Falle. Und solange er frei ist, fange ich auch die anderen Affen nicht. Was soll ich bloß tun?»

Großvater setzte eine fast feierliche Miene auf. «Es ist immer gut, wenn man mehr als ein Eisen im Feuer hat», sagte er bedächtig. «Ich geh ein paar Minuten fort. Paß in der Zwischenzeit auf den Laden auf.»

«Hast du eine neue Idee, Großvater?»

«Wozu wären Großväter gut, wenn sie keine Ideen hätten», sagte er hoheitsvoll, «mach dir keine Sorgen, bevor du dich versiehst, hast du alle Affen samt dem Zweihundert-Dollar-Affen im Sack.»

Großvater war wirklich einsame Klasse. Ich blickte ihm ganz gerührt nach, als er über den Hof schlurfte und in der Scheune verschwand. Nach wenigen Minuten kam er zurück – mit einem höchst seltsamen Ding in der Hand.

«Mein Gott, Großvater, was ist das?» fragte ich, als er den Laden betrat.

Großvater schmunzelte und wog die lange Stange in der Hand. «Ehrlich gesagt, weiß ich es selbst nicht genau. Aber wir können dem Ding ja einen Namen geben. Ich würde vorschlagen, wir nennen es ein Affen-Fang-Netz.»

«Ein Affen-Fang-Netz?» wiederholte ich verblüfft. «Aber Großvater, man kann doch Affen nicht mit einem Netz fangen?»

«Natürlich kann man das», erwiderte Großvater mit Nachdruck, «und eins versprech ich dir: Wenn ein Affe in diesem Ding sitzt, dann kommt er nicht mehr raus.»

Ich sah mir das seltsame Gebilde genauer an. Die Stange hatte Metallösen, durch die zwei Schnüre liefen wie bei einer Angelrute. Die Schnüre waren rechts und links mit der Drahtschlinge verbunden, an der das Netz hing. Am Ende jeder Schnur befand sich ein ziemlich großer Zelluloidring – der eine war blau, der andere gelb.

«Großvater, was sollen all diese Schnüre und Ringe?»

«Das werd ich dir gleich zeigen.»

Er hielt die lange Stange weit von sich und zog an dem gelben Ring. Das Netz öffnete sich. «Nimm an, du siehst einen Affen und willst ihn fangen», erläuterte er und wies mit einer ausladenden Handbewegung nach vorn, als säße dort ein Affe, «dann legst du das Netz aus und wartest – und jetzt paß genau auf, jetzt kommt der Haupttrick.»

Er zog am blauen Ring, und das Netz schloß sich.

«Verstehst du, wie es funktioniert? Was hältst du davon?»

Ich war so hingerissen, daß ich kein Wort herausbrachte. Ich stand einfach da und starrte das Wunderwerkzeug begeistert an.

«Nun», drängte Großvater, «sag schon was.»

«Es ist das tollste Ding, das ich je gesehen habe, Großvater. Den Affen möcht ich sehen, der aus diesem Netz wieder rauskommt.»

«Ist es schwierig, nahe genug an einen Affen heranzukommen, um ihn in das Netz zu locken?»

Ich überlegte kurz, dann sagte ich: «Den Zweihundert-Dollar-Affen fang ich nicht mit dem Ding. Dafür ist der zu schlau. Aber die Kleineren, die erwische ich vielleicht. Sie sind ziemlich dämlich und auch gar nicht auf der Hut.»

«Gut, dann fang die Kleinen zuerst, für den Großen muß ich mir eben etwas anderes ausdenken. Aber wir kriegen ihn schon, das schwör ich dir.»

Ich nahm das Netz und zog an den Ringen, um etwas in Übung zu kommen. Dann fragte ich: «Und wie krieg ich die Affen ins Netz?»

Großvater kratzte sich am Kopf, und ich mußte an den großen Affen denken. Weiß der Himmel, an Schlauheit standen sich die beiden einander in nichts nach.

«Wenn ich du wär», meinte Großvater schließlich, «würde ich die Sache folgendermaßen angehen. Du gräbst dir ein Loch, das groß genug ist für Raudi und dich, und tarnst es mit ein paar Zweigen, damit dich die Affen von oben her aus den Baumkronen nicht sehen. Dann legst du das Netz aus und bedeckst Netz und Stange mit Blättern, zum Schluß plazierst du den Apfel genau in der Mitte des offenen Netzes, und wenn der Affe sich den Apfel holt, ziehst du am blauen Ring, und schon hast du ihn.»

«Großartig», rief ich, «das kann ja gar nicht schiefgehen.» Doch dann kamen mir Bedenken. «Großvater», wandte ich zögernd ein, «diesem Zweihundert-Dollar-Affen entgeht nichts. Er hockt auf seiner Platane und beobachtet alles, was ich tu. Wenn er sieht, daß ich ein Loch grabe und ein Netz auslege, dann wird er um beides einen großen Bogen machen und auch dafür sorgen, daß die Kleinen nicht in die Nähe kommen.»

Großvater runzelte die Stirn und kratzte sich am Kopf.

«Wie wär's denn, wenn du heute nach Einbruch der Dunkelheit das Loch gräbst? Nachts schlafen Affen. Und in der Früh mußt du dich mit Raudi dort verstecken, bevor sie aufwachen. Dann kriegen sie nicht mit, was vor sich geht.»

«Donnerwetter, Großvater, du denkst aber auch an alles.

Genauso werd ich's machen. Diesmal, glaub ich, werden wir sie überlisten.»

Großvater lachte. «Ich bin da zwar nicht so sicher, aber probieren geht über studieren. So, und nun troll dich besser nach Hause. Und wenn sie dir wieder entwischen, nimm es dir nicht zu Herzen. Dann müssen wir uns eben was Neues ausdenken. Es gibt kein Tier, das sich nicht fangen läßt.»

Ich war so glücklich, daß ich Großvater am liebsten um den Hals gefallen wäre, aber seit ich erwachsen war, tat ich so was nicht mehr.

Ich nahm mein Netz und betrachtete es noch mal von allen Seiten. «Großvater, wie bist du eigentlich zu diesem komischen Ding gekommen?»

«Ach, das ist eine lange Geschichte», sagte Großvater und setzte sich wieder in seinen geliebten Schaukelstuhl. «Vor vielen Jahren, als du noch klein warst, kam ein Bursche hierher und mietete sich einen Sommer lang bei Großmutter und mir ein. Einer von diesen Schmetterlings-Professoren.»

«Ein Schmetterlings-Professor?» unterbrach ich ihn.

«Ja, sie haben noch irgendeinen lateinischen Namen, aber den hab ich vergessen. Nun, wie dem auch sei, dieser Schmetterlings-Professor war ein ganz verdrehtes Huhn. Er war lang wie eine Bohnenstange und hatte einen komischen Spitzbart. Tagein, tagaus tat er nichts anderes als Schmetterlingen nachzujagen. Als er abreiste, ließ er das Netz hier – und da ist es nun.»

Ich hätte gern mehr über den verrückten Schmetterlings-Professor gehört, aber noch bevor ich weitere Fragen stellen konnte, rief Großmutter nach mir. «Jeremy, bitte komm doch mal her, ich habe etwas für deine Mutter.»

«Sofort, Großmutter», schrie ich zurück.

Beim Klang von Großmutters Stimme wurde Großvater sichtlich nervös. Er stand auf, trat nah an mich heran und sagte in einem heiseren Flüsterton: «Ich glaube, es ist besser, du erzählst Großmutter nichts von den Affen. Frauen haben oft seltsame Ideen über Fischen und Jagen. Vermutlich denken sie, die Tiere springen freiwillig in den Kochtopf.»

Nun, davon konnte ich auch ein Lied singen, da brauchte ich nur an Mutter und Daisy zu denken – nichts als Ärger.

Großvater sah auf die Uhr. «Es ist schon spät, Jeremy, ich möchte nicht, daß du im Dunkeln allein auf der Landstraße bist. Also, ab durch die Mitte.»

«Ich habe keine Angst im Dunkeln, Großvater», wehrte ich entrüstet ab, «jedenfalls nicht, wenn Raudi bei mir ist. Er paßt auf uns beide auf.»

Großvater blickte auf Raudi. «Ja», sagte er ein wenig versonnen, «davon bin ich überzeugt. Als ich ein Junge war, hatte ich auch einen Hund, einen ganz ähnlichen wie Raudi. Wenn wir einmal mehr Zeit haben, erzähle ich dir was über ihn.»

«Bestimmt?»

«Ganz bestimmt. Und jetzt raus mit dir. Ich muß den Laden hier dichtmachen.»

5

Ich versteckte mein Netz hinter einem Fliederbusch in Großmutters Vorgarten, ging ums Haus herum und trat durch die Hintertür. Das war der kürzeste Weg in die Küche. Ich kann mich nicht erinnern, jemals in Großmutters Küche gewesen zu sein, ohne daß sie mir irgendwas Gutes zugesteckt hätte. Sie war die beste Großmutter der

Welt, aber leider auch die besorgteste. Sie machte sich über alles Sorgen, was mit mir zusammenhing.

Vor allem meine Gesundheit hatte es ihr angetan. Dreimal im Jahr unterzog sie mich einer genauen Untersuchung. Ich mußte stocksteif dastehen, mit zurückgeworfenem Kopf und aufgesperrtem Mund wie eine verärgerte Schildkröte. Und dann ging es los: die Zähne, die Zunge, der Hals, die Ohren, die Augen, die Arme, die Beine, alles wurde gründlich inspiziert. Doch trotz eifrigen Suchens fand sie nie eine einzige Bazille, dafür aber immer ein paar ungewaschene Körperstellen, sogar dann, wenn Raudi und ich den ganzen Tag im Fluß geschwommen waren.

Als ich in die Küche kam, stand Großmutter gerade vor dem Küchenschrank und legte irgendwas in einen Korb. Sie drehte sich um und musterte mich stirnrunzelnd:

«Jeremy», sagte sie vorwurfsvoll, «du wirst immer dünner. Ißt du nicht genug?»

«Nicht genug? Aber Großmutter, ich esse alles, was mir unter die Finger kommt, das weißt du doch.»

«Ich weiß, und trotzdem siehst du aus wie ein Gerippe.»

Ich lachte. «Dünn sein ist doch nichts Schlimmes, Großmutter, Muskeln muß man haben.» Ich spannte meine Bizeps an. «Da fühl mal, wie hart die sind.»

Großmutter zwickte mich sanft am Arm. «Hm», sagte sie, «hart sind sie schon, aber ein Muskelpaket würde ich es nicht nennen. Was hältst du von einem Stück Blaubeerkuchen und einem Glas Milch? Ich glaube, das würde den Muskeln guttun.»

Ich hatte den Mund voller Blaubeerkuchen, als Großmutter fragte: «Wie geht es deiner Schwester?»

Ich mußte erst fünfmal schlucken, um Platz für Worte zu schaffen. «Schwer zu sagen, Großmutter. Du weißt ja, sie springt und hüpft auf ihrer Krücke herum und lacht den ganzen Tag, aber wie sie sich wirklich fühlt, weiß man nie so recht.»

Großmutter legte ihr Gesicht in sorgenvolle Falten. «Ich habe das Gefühl, deine Schwester ist nicht so glücklich, wie sie vorgibt. Sie will keinem zur Last fallen. Vermutlich hat sie die ganze Zeit Schmerzen und spricht nur nicht darüber.»

Jedesmal wenn von Daisys Bein die Rede war, fühlte ich mich unbehaglich. Natürlich tat sie mir schrecklich leid, aber wie sollte ich ihr helfen? Außerdem hatte ich im Moment andere Sorgen. Die Affen nahmen mich voll und ganz in Anspruch.

Großmutter sagte: «Ich weiß, daß deine Eltern Geld sparen, um Daisy die Operation zu ermöglichen. Was meinst du – ob sie schon etwas zurücklegen konnten?»

«Ein wenig schon, aber viel wird es nicht sein. Vater hat das Rauchen aufgegeben, und Mutter spart das Eiergeld. Sie kratzen jeden Cent zusammen, aber was ist das schon.»

Großmutter nickte betrübt. «Ja, die Zeiten sind schwer. Großvater und ich haben auch ein paar Dollar für den Notfall auf die hohe Kante gelegt. Aber die meisten unserer Kunden kaufen auf Kredit, und am Monatsende können sie die Rechnungen nicht bezahlen.» Sie gab mir den Korb. «Ich habe heute frisches Brot gebacken, nimm das deiner Mutter mit, aber sei vorsichtig, es wär ganz schön, wenn es heil ankommt.»

«Ich werde bestimmt vorsichtig sein. Und vielen Dank für den Kuchen und die Milch.»

«Willst du nicht noch ein Stück?»

«Unmöglich, Großmutter, in meinem Magen ist für keinen Krümel mehr Platz.»

In meinem Magen wäre sogar noch für ein großes Stück Platz gewesen, aber die Affen gingen mir wie ein Mühlrad im Kopf herum, ich konnte an nichts anderes mehr denken.

Auf dem Nachhauseweg beschloß ich, mein Netz schon mal auszuprobieren, schließlich gab es genug Kaninchen, Backenhörnchen und Vögel ringsumher. Doch kaum hob ich das Ding in die Höhe, stoben die Tiere davon, als sei der Leibhaftige hinter ihnen her.

Schließlich steckte ich auf. Später auf der Farm würde ich noch mal mein Glück versuchen, dort gab es eine Menge Viehzeug, das sich von einem blöden, alten Netz nicht so leicht einschüchtern ließ.

Ich schob das Netz unter die Veranda vor unserem Haus, um lästige Fragen von Daisy und Mutter zu vermeiden.

Die beiden saßen in der Küche und bereiteten das Abendbrot vor. Ich stellte den Korb auf den Tisch. «Hier, Mutter, Großmutter schickt dir frischgebackenes Brot.»

«Wie nett von ihr, hast du dich auch dafür bedankt.»

Ich dachte nach. «Ich weiß nicht, Mutter», erwiderte ich zögernd, «ich hab mich bestimmt für den Blaubeerkuchen und die Milch bedankt, die Großmutter mir gegeben hat, aber vielleicht habe ich vergessen, mich für das Brot zu bedanken.»

Mutter seufzte nur vorwurfsvoll, als sei von jemand wie mir ja eigentlich nichts anderes zu erwarten gewesen.

«Na, und deine Affen?» fragte Mutter widerwillig. «So wie ich deinen Großvater kenne, hat er doch sicher einen neuen Plan ausgeheckt, um sie zu fangen.»

«Ja, Großvater hatte sogar eine ganz fabelhafte Idee.»

«Auf die bin ich wirklich gespannt», warf Daisy etwas schnippisch ein.

«Er hat mir ein Netz gegeben.»

«Ein Netz?» rief Daisy erstaunt. «Was für ein Netz?»

«Na, eben ein Netz. Das heißt eine lange Stange mit einem Netz am Ende, das sich öffnen und schließen läßt.»

Daisy kicherte. «Jeremy, am Schluß werden die Affen noch *dich* fangen, und das würde dir ganz recht geschehen.»

Mutter lachte auch. «Ja, genau das wird passieren!»

«Lacht nur», rief ich wütend, «aber ihr werdet schon sehen, daß ich die Affen fange. Und wenn ich erst das viele Geld habe, dann wollen wir mal sehen, wer hier am lautesten lacht.»

Frauen konnten wirklich unausstehlich sein. Ich verließ aufgebracht die Küche, pfiff Raudi herbei, holte das Netz und ging zur Scheune.

Es war nicht schwierig, dort etwas Fangbares zu finden. Wir hatten dreizehn Gänse und einen alten Gänserich. Alle waren sie hinter der Scheune versammelt und scharrten im Sand. Die Gänse waren harmlose Geschöpfe, aber der alte Gänserich war ein ganz tückischer Bursche. Nur mit Daisy tat «Gandy» – so hat sie ihn getauft – natürlich lammfromm.

Ich und Gandy dagegen waren erbitterte Feinde. Wann immer sich die Gelegenheit bot, pirschte er sich von hinten an mich heran und zwickte mich in die Körperstelle, auf die man sich zu setzen pflegt. Ich hatte mindestens ein dutzendmal die Absicht gehabt, ihm diskret eins zu verpassen, doch bisher war es ihm noch immer irgendwie gelungen, meinen Anschlägen zu entgehen.

Auch Raudi haßte jede Feder an Gandy. Im Sommer, wenn es Raudi im Haus zu heiß wurde, grub er sich im Hof unter einer schattigen Eiche ein Loch. Sehr zu Gandys Freude. Er schnatterte sein Entzücken in alle vier Winde, tat aber ansonsten, als bemerke er Raudi gar nicht. Doch kaum hatte Raudi sich zusammengerollt und war eingeschlafen, schlich der Gänserich sich heran und zwickte ihn in den Schwanz oder in seine langen, empfindlichen Ohren.

«Raudi», verkündete ich, «der Tag der Rache ist gekommen, diesmal geht es Gandy an den Kragen.»

Raudi schien zu verstehen, daß ich irgend etwas gegen

Gandy im Schilde führte und wedelte voller Vorfreude mit dem Schwanz.

Ich hielt die Stange mit dem Netz so weit von mir weg, wie ich nur konnte, zog am gelben Ring, stülpte Gandy das Netz über und zog am blauen Ring.

Zuerst wußte Gandy nicht recht, wie ihm geschah, doch dann fing er an zu zischen und zu schrattern. Er schnappte nach dem Netz und schlug mit den Flügeln, daß die Federn nur so flogen.

Ich grinste zufrieden und sagte laut vor mich hin: «Junge, Junge, Großvater hat recht, wenn ich je einen Affen mit dem Ding fange, dann hab ich ihn fest.»

Gandy hatte inzwischen gemerkt, daß es ganz schlecht um ihn stand, er sah das Ende seines Gänserich-Lebens nahen und geriet in Panik. In seiner Todesangst stieß er einen Schrei aus, der wie ein Nebelhorn klang, das Schnupfen hat.

Raudi mußte das kommende Unheil gewittert haben, denn er stürzte Hals über Kopf davon und verkroch sich unter der Veranda.

Und da kamen sie auch schon angezischt, die Gänse. Trotz Gandys Häßlichkeit und Boshaftigkeit schienen sie große Stücke auf ihn zu halten. Sie scharten sich um mich, senkten wie auf Kommando ihre Schnäbel und hackten auf mich ein.

Ich verteilte Fußtritte nach rechts und links, während ich gleichzeitig versuchte, Gandy zu befreien. Ich öffnete das Netz und hob es etwas an, aber der verdammte Gänserich kam nicht los, seine Beine hatten sich in den Maschen des Netzes verheddert und sein Hals war zwischen die Strippen geraten. Ich versuchte, ihn herauszuschütteln, alles umsonst. Der Schweiß stand mir auf der Stirn, und dann hörte ich zu allem Überfluß auch noch Daisys Stimme dicht hinter mir.

«Jeremy, was machst du da mit Gandy?»

«Ich versuche, ihn aus dem Netz zu befreien, siehst du das nicht?»

«Mutter! Mutter! Komm schnell! Jeremy tötet Gandy», schrie meine hilfreiche Schwester gellend.

Ich hörte eine Tür zuknallen und die laufenden Schritte meiner Mutter.

«Sieh nur, Mutter, was er tut!» jammerte Daisy.

«Laß den Gänserich sofort frei!» fuhr Mutter mich an.

«Aber genau das versuch ich doch!»

«Halt ihn still, um Gottes willen, er bringt sich sonst noch selbst um mit seinem Geflatter.»

«Ich kann ihn nicht stillhalten, er ist völlig durchgedreht.»

Mutter stürzte mit geschlossenen Augen und abgewandtem Kopf auf Gandy zu und nahm ihn mit Netz und allem in die Arme. Das erschreckte Gandy noch mehr. Er sah sich schon im Kochtopf landen und protestierte lauthals.

Ich konnte mich vor Angst nicht rühren. Ich stand nur da mit der Stange in der Hand und wartete, daß Mutter die Situation rettete.

Was sie auch tat. Zusammen mit Daisy befreite sie Gandy aus dem Netz. Er sauste davon wie ein geölter Blitz. Nie hätte ich gedacht, daß ein Gänserich so schnell laufen kann. Dann breitete er die Flügel aus und flog laut kreischend über Scheune und Felder in Richtung Fluß.

Einige Sekunden lang sagte niemand ein Wort, wir starrten schweigend auf den Punkt, wo Gandy unseren Augen entschwunden war.

Doch dann drehte Mutter sich zu mir um. Mit blitzenden Augen sagte sie: «So, Jeremy, bist du nun zufrieden? Wir haben soeben den besten Gänserich verloren, den wir je besaßen.»

«Aber Mutter, dem alten Dummkopf ist doch nichts

passiert, der kommt bestimmt wieder, schon wegen der Gänse.»

Es sollte forsch klingen, aber meine Stimme wollte mir nicht so recht gehorchen.

«Nein, Gandy ist für immer fort», klagte Daisy. «Er wird nie mehr zurückkommen, und ich kann es ihm nicht verdenken. Ich weiß wirklich nicht, was ich von dir halten soll, Jeremy, ich weiß es wirklich nicht.»

«Im Moment weiß ich nur eins», sagte Mutter mit zornbebender Stimme. «Wenn dieses Netz nicht sofort aus dem Haus verschwindet, ergeht es dir noch sehr viel schlechter als Gandy. Und das kannst du mir glauben, junger Mann.»

Ich glaubte ihr aufs Wort.

Gerade in dem Moment kam auch noch Vater. «Was ist los?» fragte er. «Was war das für ein Höllenspektakel?»

«Es ist alles Jeremys Schuld», sagte Daisy. «Er hat Gandy töten wollen, und nun ist er für immer fort.»

Vater sah mich an.

«Och, nichts, Vater. Großvater hat mir ein Netz gegeben, um die Affen zu fangen. Und ich wollte an Gandy bloß mal ausprobieren, ob es funktioniert.»

Vater betrachtete das Netz und lachte. «Ich glaube, wir brauchen uns um Gandy keine Sorgen zu machen. Der wird sich von seinem Schrecken schnell wieder erholen. Er kehrt bestimmt zu seinen Gänse-Damen zurück.»

Nachdem ich Vater lachen sah, dachte ich, der Sturm sei vorüber, und fing auch an zu lachen. Das kam mich teuer zu stehen.

«Jeremy!» fauchte Mutter, «vielleicht findest du das Ganze nicht mehr so komisch, wenn ich dich ohne Abendbrot auf dein Zimmer schicke!»

Das Lachen blieb mir in der Kehle stecken. Es gibt nichts Schlimmeres für mich, als in mein Zimmer eingesperrt zu werden. Wenn Mutter mir angedroht hätte, mich an den Hacken an einer Eiche aufzuhängen, es hätte mich weit weniger erschreckt.

«Mutter», bettelte ich verzweifelt, «das kannst du mir nicht antun. Ich muß noch heute abend zum Fluß runter, um ein Loch zu graben.»

«Um ein Loch zu graben!» rief Mutter, und einen Moment lang dachte ich, sie bekäme einen Tobsuchtsanfall. «Jeremy, untersteh dich. Ich glaube, du hast wirklich den Verstand verloren.»

«Aber Mutter, das darfst du mir nicht verbieten, nur so kann ich doch die Affen fangen!»

Mutter mußte mir meine Verzweiflung angesehen haben. Sie lenkte ein.

«Ich versteh zwar nicht, warum du zum Affenfangen ein Loch graben mußt, aber meinetwegen geh morgen zum Fluß und grab dein Loch. Aber nicht heute abend, und das ist mein letztes Wort.»

«Aber Mutter, morgen früh ist es zu spät. Ich muß es in der Nacht graben, wenn der große Affe mich nicht beobachten kann.»

Bevor ich noch mehr sagen konnte, mischte Vater sich ein. «Weißt du», sagte er zu Mutter, «ich finde seine Idee gar nicht so schlecht. Was ist schon dabei, wenn ein Junge ein paar Affen fangen will?» Und dann zu mir gewandt: «Also, erzähl mal, wozu willst du das Loch graben?»

Ich erklärte ihm Großvaters Plan.

Vater nahm mir das Netz aus der Hand. «Was bedeuten die Strippen und die Ringe?» fragte er.

«Damit öffnet und schließt man das Netz.»

Vater zog an den Strippen; es schien ihm fast soviel Spaß zu machen wie mir: «Ausgezeichnet», sagte er befriedigt, «damit schaffst du's vielleicht. War es schwierig, Gandy zu fangen?»

«Kinderleicht, Vater. Gandy war im Netz, bevor er wußte, wie ihm geschah.»

Vater ließ das Netz auf- und zuschnappen. «Paß mal auf, ich mach dir einen Vorschlag. Wir essen jetzt schnell zu Abend, und dann geh ich mit dir zum Fluß, und wir graben gemeinsam das Loch.»

Mutter schnappte hörbar nach Luft. Sie sah Vater an, als sei er nicht recht bei Trost. «Warum gibst du nicht gleich die Landwirtschaft auf und verlegst dich aufs Affenfangen?» fragte sie spitz.

Vater lachte. «Gar keine schlechte Idee. Vermutlich würden wir damit mehr Geld verdienen.»

«Jeremy», piepste Daisy von der Scheunenecke her, «wenn ihr die Affen fangt, halte ich den Sack auf.»

Jetzt mußte auch Mutter lachen, und da wußte ich, daß wir gewonnenes Spiel hatten.

Gleich nach dem Essen nahm Vater die Petroleumlampe und ging in den Schuppen, um eine Spitzhacke und eine Schaufel zu holen.

«Vielleicht sollten wir auch eine Axt mitnehmen für die Wurzeln?» überlegte er.

«Prima Idee, Vater, daran hätte ich gar nicht gedacht.»

Ich sauste in den Schuppen, um die Axt zu holen.

Mutter hatte wohl beschlossen, die Sache von der humorvollen Seite zu nehmen, jedenfalls sagte sie: «Ich kann nur hoffen, daß niemand meinen Mann nachts am Fluß graben sieht, es wäre schwierig, eine plausible Erklärung dafür zu finden.»

«Ich würde einfach behaupten, daß ich nach Gold suche», antwortete Vater. «Dann werden alle anfangen Löcher dort zu graben, wie wäre das?»

Raudi dachte, es ginge auf Oppossumjagd, er raste aufgeregt hin und her und bellte, als wollte er Tote auferwecken. Die Nacht war warm, und der Mond schien hell, Tausende von Glühwürmchen tanzten glitzernd in der Luft. Über uns segelten pfeifend die jagenden Fledermäuse, und in der Ferne schrie ein Käuzchen.

Vater sagte: «Unten am Fluß wird es dunkler sein als hier, findest du den Baum, auf dem die Affen sitzen?»

«Ganz bestimmt, Vater. Ich würde mit verbundenen Augen auf ihn stoßen, du brauchst mir nur zu folgen.»

Doch da hatte ich den Mund mal wieder zu voll genommen. Ich ging erst ein paar Mal in die Irre, bevor ich die Eiche endlich wiederfand.

Vater stellte die Petroleumlampe auf den Boden.

«Also, wo graben wir das Loch?»

«Das ist ganz gleich, Vater, es muß bloß dicht am Stamm sein.»

Vater fand einen geeigneten Platz unter einem dichten Gebüsch. Er entfernte die trocknen Blätter und fing an zu graben. Der Boden war weich, nur gelegentlich stießen wir auf eine Wurzel, die Vater mit der Axt losschlagen mußte. Es dauerte nicht lange, und wir hatten ein beachtliches Loch gegraben.

Vater wischte sich den Schweiß von der Stirn und sagte: «Nun, was meinst du, ist es tief genug?»

«Ich werde mit Raudi ausprobieren, ob wir hineinpassen.»

Vater lachte leise. «Du meinst, du kriegst Raudi dort hinunter?»

«Nichts leichter als das. Raudi macht alles, was ich sage. Das heißt – mit einer Ausnahme. Er weigert sich strikt, gegen Wespen zu kämpfen.»

«Was man ihm nicht verdenken kann», meinte Vater amüsiert.

Ich hockte mich ins Loch und rief Raudi. Doch die letzten Tage hatten Raudi verwirrt, ich hatte so viele ausgefallene Dinge von ihm verlangt, daß er nicht mehr so recht wußte, woran er mit mir war. Er stand winselnd und hilflos am Rand der Grube, sprang jaulend zurück, lief auf die andere Seite und starrte auf mich herunter. Ich konnte Vaters unterdrücktes Lachen hören.

«Raudi», flüsterte ich, «was ist los mit dir? Du hast doch nicht etwa Angst? Du steckst doch sonst deine Schnauze in jedes Loch. Komm schon.»

Winselnd, als gelte es in einen eiskalten Fluß zu springen, rutschte er auf dem Bauch zitternd ins Loch und setzte sich neben mich.

Ich streichelte seinen Kopf. «Tut mir leid, alter Junge, ich weiß, der olle Gandy liegt dir noch im Magen.»

«Nun, ist es groß genug?» fragte Vater.

«Wie angegossen. Aber eins müssen wir noch tun.»

«Und das wäre?»

Ich krabbelte wieder heraus. «Großvater meint, wir sollten das Loch tarnen, damit die Affen es in der Früh nicht sehen.»

«Nichts leichter als das», sagte Vater und zog sein Taschenmesser heraus. Er schnitt Äste von den Büschen ab und legte sie über das Loch, während ich die frisch aufgeworfene Erde mit der Schaufel verteilte. Der große Affe war so verdammt schlau, diesmal wollte ich kein Risiko eingehen.

Als wir fertig waren, hob Vater die Petroleumlampe hoch, um unser Werk zu begutachten.

«Die Affen mögen so schlau sein, wie sie wollen», sagte er, «aber dieses Loch werden sie nicht entdecken. Wenn ich nicht wüßte, daß es da wäre, würde ich vermutlich hineinfallen und mir ein Bein brechen.»

«Vater, diesmal, glaub ich, fang ich sie wirklich.»

«Ja, ich glaub's auch», sagte Vater. «Wann willst du morgen hier sein?»

«Noch vor Sonnenaufgang.»

«Na, dann wollen wir schleunigst nach Hause, damit du noch eine Mütze voll Schlaf kriegst.»

6

Ich war sicher, keinen Augenblick schlafen zu können, so gründlich hatte mich das Fieber der Affenjagd gepackt. Wenn es nach mir gegangen wäre, hätte ich mich gar nicht erst hingelegt. Doch ich war wohl müder, als ich gedacht hatte, denn ich sank sofort in tiefen Schlaf und träumte nicht mal von Affen.

Mir schien, ich sei eben erst eingeschlafen, als Vater mich wachrüttelte.

«Steh auf, mein Junge, es wird schon Tag. Bald sind deine Affen munter.»

Während ich mich anzog, hörte ich das Geklapper von Töpfen in der Küche und dachte, es wäre Vater, der sich vom Vortag etwas aufwärmte. Doch als ich in die Küche kam, stand Mutter am Herd und bereitete das Frühstück.

«Mutter», rief ich, «warum bist du so früh aufgestanden? Ich hätte es auch gut bis zum Mittagessen ausgehalten.»

«Affen jagt man nicht mit leerem Magen», sagte sie ärgerlich, «und ich hoffe, diesmal fängst du sie wenigstens. Seit du diese Affen im Kopf hast, bist du zu nichts anderem mehr nütze.»

Ich schlang mein Frühstück herunter, lief in den Keller und holte Äpfel. Dann galoppierte ich in die Scheune und nahm mir einen neuen Jutesack. Raudi saß schon erwartungsvoll vor der Veranda. Ich ergriff mein Netz, und wir trabten eiligst davon.

Wir waren noch nicht weit gekommen, als ich Gandy sah. Er bot einen trostlosen Anblick. Sein Gefieder war zerzaust und von Schmutz und Lehm verklebt. Er hielt sich kaum auf den Beinen und humpelte.

«Gandy, alter Gauner», sprach ich ihn höflich an, «hast du etwa eine schlechte Nacht gehabt? Die Wildgänse am Fluß haben dir wohl tüchtig zugesetzt?»

Gandy zischte zornig und watschelte mit einem mißtrauischen Blick auf mein Netz verächtlich an mir vorbei.

Raudi erkannte mit einem Blick, daß Gandy am Ende seiner Kräfte war, eine nie wiederkehrende Gelegenheit, die er nicht ungenutzt vorübergehen lassen wollte. Mit wütendem Gebell schnappte er nach Gandys Beinen, doch zum erstenmal in seinem Leben lehnte Gandy den Kampf ab. Er schlug mit den Flügeln und floh in Richtung Heimat. Raudi riß ihm noch rasch ein paar Schwanzfedern aus. Der Tag fing vielversprechend an für ihn.

«Komm, Raudi, laß den alten Narren in Ruhe», rief ich. «Wir haben Wichtigeres zu tun, als einen lahmen Gänserich zu piesacken.»

Die Sonne ging schon auf, als wir bei dem Loch ankamen, das Vater und ich geschaufelt hatten. Ich öffnete das Netz und legte es vorsichtig auf den Boden, so daß nur der Griff und die Zelluloidringe über den Rand des Loches herausragten. Dann bedeckte ich die Stange und das Netz mit Gras und trocknen Blättern, zum Schluß plazierte ich genau in der Mitte drei große Äpfel. Ich trat ein paar Schritte zurück, um meine Arbeit prüfend zu betrachten.

Ich konnte wirklich zufrieden sein mit mir. «Ich habe zwar keine große Erfahrung mit Netz-Fallen, aber du mußt zugeben, Raudi, daß ich das Netz großartig getarnt habe.»

Selbst wenn Raudi nicht genau wußte, wovon ich sprach, tat er doch stets so, als verstünde er jedes Wort. Auch jetzt wedelte er zustimmend mit dem Schwanz.

Ich nahm meinen Sack und sagte: «Komm, alter Junge, jetzt verstecken wir uns und warten auf die Affen.»

Wir robbten auf dem Bauch unter die Zweige und ließen uns in das Loch gleiten.

Die nächste halbe Stunde verlief völlig ereignislos. Aber gerade das beunruhigte mich. Meine früheren Bedenken begannen erneut an mir zu nagen. Vielleicht hatte Vater recht. Vielleicht waren die Affen gar nicht mehr hier. Je länger ich darüber nachdachte, desto überzeugter war ich, daß mein schöner Traum vom vielen Geld endgültig ausgeträumt war.

Ich hatte gerade beschlossen, nach Hause zu gehen, als das Brüllen des Zweihundert-Dollar-Affen die Luft zerschnitt. Im Nu war ich wieder hellwach.

«Hast du das gehört, Raudi?» wisperte ich. «Das war der große Affe. Noch sind die Dollars nicht verloren.»

Ich ging in die Hocke und linste durch die Zweige. Nichts rührte sich weit und breit. Doch plötzlich sah ich es – ein braunes Äffchen. Es saß in etwa zehn Meter Entfernung auf einem Baumstumpf.

Ich ließ es nicht aus den Augen. Der große Affe stieß wieder einen Schrei aus. Er mußte ganz in der Nähe sein. Ich drehte den Kopf in die Richtung, aus der sein Schrei gekommen war. Und tatsächlich, da saß er auf einem niedrigen Ast der Eiche, direkt über dem Netz, und betrachtete interessiert die Äpfel.

Er hätte sie offensichtlich liebend gern zum Frühstück verspeist, doch man merkte ihm an, daß er dem Frieden nicht recht traute.

Er blickte unsicher im Kreis umher, dann richtete er sich plötzlich auf und starrte in meine Richtung. Ich zuckte zusammen.

«Raudi», flüsterte ich, «er sucht uns, aber diesmal haben wir ihn hinters Licht geführt.»

Nach einigen Minuten kreischte er wieder, doch diesmal klang es triumphierend, als hätte er die Antwort auf eine schwierige Frage gefunden. Er wiegte sich auf dem Ast hin und her und stieß tiefe Grunztöne aus.

«Raudi, jetzt spricht er mit den kleinen Affen, genauso wie gestern. Ich gäbe viel drum zu wissen, was er sagt.»

Allem Anschein nach hatte er den kleinen Affen mitgeteilt, daß alles in Ordnung sei, denn sie strömten jetzt von allen Seiten herbei. Eine ganze Horde sprang aus den Bäumen und grapschte nach meinen Äpfeln.

Ich konnte vor lauter Affen mein Netz nicht mehr sehen. Mit äußerster Vorsicht ergriff ich den blauen Ring mit der rechten Hand, drückte die Stange in die weiche Erde und zog mit einem Ruck an der Strippe.

Das Netz schnellte hoch, Gras und Blätter stoben in die Luft, die Affen erschraken zu Tode. Kreischend und quiekend flohen sie in alle Himmelsrichtungen und verschwanden im Unterholz.

Raudi und ich sprangen aus dem Loch, daß die Zweige nur so flogen. Und dann fielen mir fast die Augen aus dem Kopf; saßen doch in meinem Netz tätsächlich zwei Affen. Ich brach in ein Freudengeheul aus, ein Indianerstamm beim Anblick eines Skalps hätte nicht lauter johlen können.

«Wir haben sie, Raudi! Wir haben sie! Schau sie dir an!» Raudi war so begeistert wie ich. Er wedelte mit seinem Schwanz, rannte zu den im Netz zappelnden Affen und knurrte und bellte sie nach Herzenslust an.

Ich war im siebenten Himmel, noch nie hatte ich so drollige Tiere gesehen, langsam zog ich das Netz näher an mich heran, sie sahen so seidig und niedlich aus, ich steckte meinen Finger durch die Maschen des Netzes und kitzelte eins der Äffchen an den Rippen. Und schrie auf. Mein Finger brannte wie Feuer, der eine Affe hatte seine spitzen Zähne tief in mein Fleisch gegraben. Ich ließ das Netz fallen, pustete wie verrückt auf die verletzte Stelle und hüpfte vor Schmerz von einem Bein auf das andere.

«Du hast mich gebissen!» schrie ich, «du gemeines Vieh, ich wollte dir doch nicht weh tun, was soll das!»

Raudi war nicht entgangen, daß der Affe mich gebissen hatte, rasend vor Wut schnappte er sich das Netz mit den Affen und schüttelte es hin und her.

«Raudi», rief ich, «laß die Affen in Ruhe.»

Zu spät. Der eine Affe hatte sich blitzschnell um die eigene Achse gedreht und biß Raudi mit seinen nadelscharfen Zähnen in die Schnauze.

Mit einem Jauler sprang Raudi zurück, überschlug sich fast und landete auf seinen Hinterbeinen. Er sah mich vorwurfsvoll an und winselte herzzerreißend.

«Du brauchst mich gar nicht so anzusehen, Raudi, es ist nicht meine Schuld, da schau, mich hat er auch gebissen.»

Und erst da wurde mir klar, daß ich wirklich in der Patsche saß. Wie sollte ich diese Affen je in meinen Sack bekommen?

«Raudi», sagte ich ratlos, «was machen wir bloß? Den Sack hätten wir zu Hause lassen können. Wie soll ich diese bissigen Biester da je reinbugsieren? Die fressen mich vorher auf mit Haut und Haaren.»

Ich sah schon, mir blieb keine Wahl, ich mußte die Affen samt Netz nach Hause tragen. Vielleicht würden Mutter und Daisy eine Lösung finden.

Ich trug das Netz vor mir her, als enthielte es giftige Schlangen. Doch ich war keine hundert Meter weit gekommen, als das Unglaubliche geschah. Der Zweihundert-Dollar-Affe sprang von einer Platane direkt vor meine Füße. Raudi und ich erstarrten zu Salzsäulen.

Der große Affe stand vor uns auf seinen kurzen Beinen und fuchtelte schreiend mit seinen endlos langen Armen in der Luft herum. Dann schoß er Purzelbäume, zwischendurch sprang er in die Höhe und lief grunzend und zähnefletschend auf mich zu. Er brüllte und kreischte, schließlich warf er Stöcke und Erdklumpen nach mir.

Gewöhnlich, wenn ich Angst hab, lauf ich davon, schneller als mein eigener Schatten. Doch diesmal war ich vor Angst wie gelähmt. Ich stand da wie blöd, das Netz in der Hand, und starrte den großen Affen an.

Raudi hatte sich dicht vor mir aufgepflanzt und knurrte mit hochgezogenen Lefzen und gesträubten Nackenhaaren den brüllenden Affen an.

Die Minuten verstrichen, und ich war noch immer am Leben. Das gab mir neuen Mut. Meine kleinen grauen Zellen fingen wieder an zu arbeiten. Ich verfolgte jetzt aufmerksam die Bewegungen des Affen. Bei jedem Angriffsversuch rannte er auf mich zu, doch nur ein kurzes Stück, dann machte er kehrt und schlurfte zurück. Ein bloßes Täuschungsmanöver, ich hätte drauf wetten können.

«Raudi», flüsterte ich heiser, «laß den Affen. Der will uns gar nicht an den Kragen. Ich glaube, er blufft nur.»

Beim Klang meiner Stimme geriet der große Affe vollends aus dem Häuschen. Er brüllte und kam mit offenem Maul auf mich zu. Diesmal kam er näher heran, streckte seinen langen Arm aus, griff nach der Drahtschlinge des Netzes und zerrte daran.

Und ich zerrte meinerseits. Das Tauziehen währte einige Sekunden lang, dann gab er auf. Er ließ das Netz los, rannte ein paar Meter zurück, warf sich auf die Erde, schlug einen Purzelbaum, kreischte, brüllte und machte die tollsten Luftsprünge. Noch nie hatte ich solch ein verrücktes Gehabe gesehen.

Und trotzdem wurde ich das Gefühl nicht los, daß er mir irgend etwas mitteilen wollte. Ich versuchte verzweifelt zu erraten, was, aber ich konnte es nicht herausbekommen. Ich hatte zuviel Angst. Und dann preschte er wieder vor, griff nach dem Netz, und die zweite Runde Tauziehen begann.

Das wiederholte sich noch ein paarmal. Er brüllte wie am Spieß und zerrte am Netz, ich hielt die Stange fest. Nach einigen Sekunden ließ er das Netz los, rannte zurück und führte sich wieder auf wie ein Irrer. Und dann langsam dämmerte es mir. Ich begriff, was der große Affe mir mit seinen Veitstänzen sagen wollte. Ich sollte die kleinen Affen freilassen!

«Raudi», sagte ich, «der Affe will, daß ich die Kleinen freilasse. Da kann er lange warten. Es war schwierig genug, sie zu fangen. Nein, eher wächst dem Mann im Mond ein Bart, bevor ich das tue.»

Der große Affe verstummte schlagartig, als hätte er mich verstanden. Die Flußniederung war plötzlich so still wie ein Friedhof. Das machte mir Angst. Dicke Schweißtropfen liefen mir übers Gesicht.

Ohne den Affen aus den Augen zu lassen, sagte ich mit leiser Stimme zu Raudi: «Das Ganze gefällt mir nicht, irgendwas passiert gleich, ich weiß bloß nicht, was.»

Ich hatte die Worte kaum ausgesprochen, als der Zauber auch schon begann. Einer der anderen Affen sprang wie aus dem Nichts, landete keine drei Meter vor mir und starrte mich an, ohne einen Laut von sich zu geben.

Ich starrte zurück. Das Augen-Duell wurde durch das Erscheinen eines dritten Affen unterbrochen. Und eh ich mich's versah, waren Raudi und ich von Affen umringt. Sie umkreisten uns auf steifen Beinen mit hocherhobenen Schwänzen und sahen uns scheel von der Seite an.

«Raudi», sagte ich, «diese Affen führen was im Schilde. Du bist doch schon die ganze Zeit scharf drauf, ihnen eins auszuwischen. Ich glaube, du bekommst deine Chance.»

Raudi hatte offensichtlich nicht die geringste Angst. Er wartete nur auf ein Zeichen von mir.

Ich hielt die Spannung nicht länger aus. Irgendwas mußte geschehen. Ich riß meine Mütze vom Kopf und warf sie nach einem der Affen.

«Fort mit euch», schrie ich, «fort!»

Mit dem gleichen Erfolg hätte ich Sally verbieten können, über das Gatter zu springen. Die Affen zeigten sich ungerührt. Sie schlichen weiter um uns herum, und ich sah voller Schrecken, daß die Kreise immer enger wurden.

Ich folgte den Affen mit den Augen, wobei ich mir fast den Kopf vom Hals drehte.

«Raudi», drängte ich, «wir müssen etwas unternehmen, wir können nicht einfach hier stehen und Ringelreihen mit den vermaledeiten Affen spielen.»

In dem Moment setzte der große Affe wieder zu einer kurzen Rede an. Die Kleinen blieben sofort stehen und hörten aufmerksam zu. Stumm und steif standen sie auf ihren dürren Beinen da und starrten Raudi und mich völlig ausdruckslos aus ihren kleinen Augen an.

Das war zuviel. Ich war am Ende und sah mich nach einem geeigneten Fluchtweg um. Zu spät. Ein kleiner Affe sprang von einem Zweig direkt auf meinen Kopf. Seine Pfoten fuhren mir blitzschnell in die Haare und rissen ein ganzes Bündel davon aus, gleichzeitig grub er seine spitzen Zähne in mein rechtes Ohr. Ich schrie vor Schmerz laut auf und ließ das Netz fallen.

«Faß sie!» rief ich Raudi zu, griff mit beiden Händen nach dem Affenschwanz und zog an ihm aus Leibeskräften. Der Schwanz schien aus Gummi gemacht. Je stärker ich zog, desto länger wurde er. Aber eins merkte ich dabei: Nichts ist griffiger als so ein Affenschwanz. Ich schloß die Augen, biß die Zähne zusammen – ein kurzer, kräftiger Ruck, und der Affe geriet ins Wanken, krallte sich fest, riß mir weitere Haarbüschel aus und kugelte zu Boden.

Eine rasende Wut packte mich.

Ich hielt den Schwanz noch immer fest in der Hand. Bevor der Affe sich umdrehen und mich beißen konnte, nahm ich Schwung und drehte mich, so schnell ich konnte, um die eigene Achse. Nach der dritten oder vierten Drehung ließ ich los. Der Affe segelte durch die Luft und landete in einem hohen Holunderbusch.

Es schien ihm nicht das geringste auszumachen. Mit einem schrillen Quiekser hopste er herunter. Eine Sekunde lang stellte er sich auf die Hinterbeine und zeigte seine spitzen Zähne, dann lief er schnurstracks auf mich zu – bereit zu neuem Kampf.

Weit kam er allerdings nicht. Nach drei Sprüngen fiel er hintenüber, rappelte sich hoch und lag schon wieder glatt auf der Nase. Ihm war so schwindelig von dem Drehkarussell, daß er nicht mehr wußte, wo ihm der Kopf stand. Ich lachte schallend.

«Ha! Du Teufelsbraten», rief ich, «geschieht dir ganz recht. Wenn du mir das nächste Mal aufs Dach steigst, schleudere ich dich bis nach Arkansas.»

Mein kurzer Kampf mit dem Affen hatte mich so in Anspruch genommen, daß ich Raudi einen Moment lang vergessen hatte. Nun hörte ich sein Bellen und drehte mich um. Großer Gott, bekam ich einen Schrecken!

Raudi war bestimmt der rauflustigste Hund im ganzen Irokesenland, aber diesmal hatte er einen schweren Fehler begangen. Diese Affen machten ihm die Hölle heiß, der arme Bursche kämpfte buchstäblich um sein Leben.

Sein ganzer Körper war bedeckt mit Affen, sie klebten an seinen langen Beinen und seinem Schwanz. Zwei von den kleinen Unholden hatten sich auf seinem Kopf festgekrallt und ihre Zähne in seine empfindlichen Ohren vergraben. Der Rest saß hinter ihm aufgereiht wie Spatzen auf einem Zaun. Sie piesackten ihn mit Krallen und Zähnen, daß die Haare nur so flogen.

Die Affen waren zu flink für ihn. Wenn er nach ihnen schnappte, waren sie schon woanders. Er bekam nur eine Menge Luft ins Maul, aber nie einen Affen.

Ich wußte, wenn ich nicht augenblicklich etwas unternehmen würde, hätten die Affen ihr Frühstücksproblem für diesen Tag gelöst. Ich sah mich nach einer Waffe um. In drei Meter Entfernung lag ein dicker Knüppel. Ich schoß auf ihn zu. Doch die Affen mußten meine Absicht erraten haben, denn als ich mich bückte, sprang mir einer auf den Rücken.

Ich versuchte, ihn beim Schwanz zu erwischen, doch da hängte sich schon ein zweiter an mein Bein. Ich griff nach seinem Nacken, ein dritter sprang kreischend herbei und biß mich in die Hand.

Im Nu hingen mir Affen an Armen und Beinen und bissen und kratzten und zeterten. Ich schlug wie besessen um mich und schrie wie am Spieß.

Es stand wirklich schlecht um Raudi und mich, und weiß der Himmel, was noch alles passiert wäre, wenn der große Affe nicht plötzlich einen lauten Schrei ausgestoßen hätte, dem ein paar schnelle Grunzlaute folgten. Wie auf Kommando ließen die kleinen Affen von uns ab und verschwanden im Unterholz. Vermutlich hatte der Große ihnen geraten, noch ein bißchen von uns übrigzulassen – für's nächste Mal.

Raudi und ich waren wie betäubt, wir begriffen gar nichts mehr. Gerade hatten wir noch gegen eine Horde Affen gekämpft, und nun, auf einmal, war die Welt affenleer. Wir standen einander in ungefähr sechs Meter Entfernung gegenüber und starrten uns schweigend an.

Raudi schien noch verwirrter als ich. Was da geschehen war, ging einfach über seinen Hundeverstand.

Ich sah mich nach meinem Netz um. Es lag dort, wo ich es fallengelassen hatte – weit offen und leer. Die Affen waren verschwunden. Wie um alles in der Welt konnten sie nur aus dem Netz entwischen. Mein erster Gedanke war, daß der gelbe Ring sich an einem Ast festgehakt und das Netz sich, als die Affen an ihm zogen und zerrten, automatisch geöffnet hatte.

Ich inspizierte den gelben Ring und wäre fast aus den Pantinen gekippt. Der Ring hatte sich keineswegs verfangen – jemand hatte an ihm gezogen!

«Himmel, Arsch und Wolkenbruch», murmelte ich vor mich hin, «ich wette, der alte Gauner hat das Netz geöffnet, während wir uns dieser Affenhorde erwehrten.»

Ich war noch tief in Gedanken versunken, als ich in der Eiche über mir ein lautes Knacken hörte. Ich blickte nach oben. Und dort auf einem Ast stand doch wahrhaftig, stolz wie ein General nach einer gewonnenen Schlacht, mein Zweihundert-Dollar-Affe.

Als er sah, daß ich ihn bemerkt hatte, zog er seine Schau ab. Er starrte mich an, hopste wie ein Gummiball auf und ab, warf seinen Kopf zurück, trommelte sich auf die Brust, öffnete das Maul und brach in schrilles Gelächter aus, das laut durch die Flußniederung hallte.

Ich schüttelte die Faust und schrie wütend: «Du feiges Aas! Du hast die Kleinen auf Raudi und mich gehetzt, aber *du* hast nicht gekämpft. Was ist los? Hast du etwa Angst? Komm runter, dann werden wir ja sehen, wer der Stärkere ist.»

Kein Zweifel – er hatte mich genau verstanden. Sein Gelächter brach unvermittelt ab, er grunzte ärgerlich, hangelte sich von Ast zu Ast und verschwand.

«Raudi», sagte ich und griff nach meinem leeren Netz. «Ich weiß nicht, was du denkst, aber ich für meinen Teil habe für heute genug von Affen. Laß uns schleunigst verduften.»

Das ließ Raudi sich nicht zweimal sagen. Er hatte die Nase genauso voll wie ich. Er sauste davon wie die Feuerwehr, und ich gleich hinterher.

Als mir die Puste ausging, drehte ich mich um. Kein Affe war uns auf den Fersen.

«Raudi», sagte ich und sank erschöpft auf einen Baumstumpf, «ich glaube, wir können uns eine Pause leisten. Wahrscheinlich gelingt es uns nicht, diese Affen zu überlisten, aber wenigstens rennen wir schneller als sie.»

Ich nahm mein Taschentuch und betupfte die blutenden Affenbisse. Raudi setzte sich auf seine Hinterbeine und leckte seine Wunden.

«Wenn du denkst, das Schlimmste liegt hinter dir, dann irrst du dich gewaltig. Du ahnst nicht, was uns noch blüht, wenn wir nach Hause kommen. Mutter und Daisy werden uns vollends fertigmachen. Hätten wir nur ein bißchen Proviant und Geld, dann könnten wir weglaufen und nie wiederkommen. Aber wir haben kein Geld, und ohne Essen halten wir es keine fünf Stunden aus.»

Raudi hörte auf, seine Wunden zu lecken und blickte bedrückt in Richtung Farm, dann fing er leise an zu winseln, kam zu mir und leckte die Affenbisse an meiner Hand. Ich strich ihm über den Kopf. «Leck lieber deine eigenen Wunden, alter Junge, dich haben sie noch ärger zugerichtet als mich.»

Ich sah Raudi unschlüssig an. «Wenn wir bloß nicht nach Hause müßten, Raudi, dann wäre alles halb so schlimm. Vielleicht sollten wir zu Großvater gehen und ihn um Hilfe bitten. Aber das hat auch keinen Sinn. Wir können schließlich nicht bei ihm übernachten. Nein, es läßt sich nicht ändern, wir müssen die Suppe auslöffeln, die wir uns eingebrockt haben. Aber, mein Gott, graut mir davor.»

Raudi ließ Kopf und Schwanz hängen, und es war leicht zu erkennen, daß ihm nicht weniger elend zumute war als mir.

7

Daisy mußte Raudi und mich vom Fenster aus gesehen haben, denn sie stand schon auf der Veranda und erwartete uns.

Bei unserem Anblick pfiff sie durch die Zähne und runzelte die Stirn. «Großer Gott», rief sie entsetzt, «ihr beide seht aus, als wärt ihr kilometerweit durch Dornengestrüpp gelaufen. Was ist passiert?»

«Nichts ist passiert, Daisy. Wir hatten lediglich eine kleine Auseinandersetzung mit den Affen, und dabei haben sie uns ein paarmal gebissen. Das ist alles.»

«Ein paarmal!» wiederholte Daisy spöttisch. «Erzähl mir doch keine Märchen, Jeremy. Die Affen haben Hackfleisch aus euch beiden gemacht.»

Bevor ich noch etwas sagen konnte, drehte Daisy sich um und rief mit lauter Stimme: «Mutter, Mutter, komm schnell! Jeremy und Raudi bluten wie verrückt!»

Mutter stürzte herbei, in der Hand noch eine halbgeschälte Kartoffel und totenblaß im Gesicht.

«Wer blutet, um Himmels willen?»

«Jeremy und Raudi», verkündete Daisy und wies mit dem Zeigefinger auf uns.

«Mein Gott», stöhnte Mutter. «Was ist denn bloß passiert? Seid ihr unter die Räuber gefallen?»

«Mutter», versuchte ich beschwörend abzuwiegeln, «reg dich bitte nicht so auf. Du weißt doch, wie Daisy ist. Sie macht aus jeder Mücke gleich einen Elefanten. Nichts ist passiert. Die Affen haben Raudi und mich halt ein paarmal gebissen. Das ist alles.»

Mutter hob den Blick zum Himmel, dann schloß sie die Augen und murmelte etwas Unverständliches vor sich hin.

Daisy nahm meinen Arm, betrachtete sachkundig die

Affenbisse, schüttelte den Kopf und führte sich auf wie eine besorgte Henne. «Jeremy», sagte sie endlich, «ich habe Angst, ganz entsetzliche Angst.»

«Angst?» fragte ich. «Warum hast *du* Angst? *Dich* haben die Affen doch nicht gebissen.»

«Natürlich nicht. Ich habe Angst um dich. Was wissen wir schon über Affen? Es ist gut möglich, daß sie alle die Tollwut haben.»

Mir wurde abwechselnd heiß und kalt, meine Zähne klapperten, als hätte ich hohes Fieber. Ich blickte hilfesuchend zu meiner Mutter rüber.

Aber die konnte mir auch nicht helfen. Sie hatte vielmehr genauso einen Schreck bekommen wie ich, ihr Gesicht war weiß wie ein Hühnerei, ihre Lippen bewegten sich, aber sie brachte keinen Ton heraus.

Über Tollwut sprach man im Irokesenland nur im Flüsterton. Sie wurde geradezu als Geißel Gottes betrachtet. Sobald sich die Nachricht verbreitete, daß ein tollwütiges Tier die Gegend unsicher machte, griffen die Männer zu ihren Gewehren und die Frauen verriegelten Fenster und Türen. Das Vieh wurde in die Scheunen getrieben und die Kinder eingesperrt.

Daisy genoß die Wirkung ihrer Worte offensichtlich und fuhr nun fort, mit honigsüßer Stimme Vorsichtsmaßnahmen gegenüber Tollwütigen aufzuzählen und in den blühendsten Farben auszumalen. Sie konnte manchmal wirklich gemein sein.

Ich fühlte, wie mir der Schaum auf die Lippen trat, und eine unbändige Lust, Daisy an die Kehle zu springen, stieg in mir hoch. Vielleicht hatte ich schon die Tollwut? Ich rang nach Atem in meiner Todesangst, und dann spürte ich Vaters beruhigende Hand auf meiner Schulter. «Was ist los mit Jeremy?» fragte er Mutter stirnrunzelnd, «und warum bist du so bleich, als hättest du eben ein Gespenst gesehen?»

Doch bevor Mutter noch den Mund aufmachen konnte, berichtete Daisy aufgeregt. «Jeremy und Raudi haben sich mit den Affen angelegt, und die haben sie halbtot gebissen, und wer weiß, ob sie jetzt nicht beide die Tollwut haben.»

Vater lachte laut. «Unsinn!» sagte er, «die Affen haben keine Tollwut. Sie gehören schließlich einem Zirkus und sind ständig in Kontakt mit Menschen. Sie sind bestimmt gegen alle gefährlichen Krankheiten geimpft. Ein großer Zirkus würde nie das Risiko eingehen, kranke Tiere mit sich zu führen.»

Ich hätte Vater am liebsten umarmt. Ohne es zu wissen, hatte er mir mit seinen Worten das Leben zurückgeschenkt. Daisy ließ sich jedoch nicht so rasch von meiner Ungefährlichkeit überzeugen. «Mag ja sein, aber trotzdem werde ich ihn genau beobachten, man kann schließlich nie wissen.»

Vater meinte: «Ich glaube, wir sollten vor allem etwas Jod auf die Affenbisse tun, sonst infizieren sie sich noch.»

«Das scheint mir auch das Wichtigste», meinte Mutter.

Daisy zeigte sich hilfsbereit. «Verarzte du nur Jeremy, Mutter, ich kümmere mich inzwischen um Raudi. Er würde mich nicht beißen, selbst wenn er die Tollwut hätte.»

Als Mutter meine Wunden reinigte, mußte ich mich am Tisch festhalten, um nicht aufzuschreien, aber als sie mit dem Jod kam, hielt ich es nicht mehr aus. Ich schnappte nach Luft und hüpfte wie ein Irrer durchs Zimmer. Mein ganzer Körper brannte, als hätte man mich im Waschkessel abgebrüht.

Und die ganze Zeit über hörte ich Raudis Gewinsel und Daisys beruhigende Worte. Raudi leckte Daisys Hand und jaulte flehentlich, sie möge ihm dieses brennende Zeug ersparen.

Daisy versah ihr barmherziges Werk mit einer künstlerischen Note, die Mutter zum Glück fehlte. Sie verband Raudis Bisse mit bunten Fetzen, die sie zu kleinen Schleifchen band. Als sie endlich fertig war, sah Raudi aus wie eine weihnachtliche Geschenkpackung.

Raudi war sein Aussehen so peinlich, daß er unter die Veranda sauste und nicht mehr gesehen ward.

Trotz aller Niedergeschlagenheit mußte ich lachen.

Am nächsten Morgen fühlte ich mich so elend, daß ich nicht aufstehen konnte. Jeder Körperteil schmerzte, und ich war steif wie ein Brett. Ich lag auf dem Rücken voller Selbstmitleid und dachte an das viele schöne Geld, das in der Flußniederung auf den Platanen herumturnte, als die Tür aufging und Daisy, Vater und Mutter eintraten.

«Na, wie geht's?» fragte Vater.

«Ich weiß nicht recht. Ich bin so steif wie ein alter Jagdhund, der die ganze Nacht einen Fuchs gejagt hat.»

Daisy kicherte und sagte: «Jeremy, wenn du dir etwa leid tun solltest, dann sieh dir den alten Raudi an. Er ist so steif und zerschunden, daß er nicht mal mehr mit dem Schwanz wedeln kann. Er liegt unter der Veranda und hat seinen Frühstücksknochen nicht angerührt.»

Mutter legte mit besorgter Miene die Hand auf meine Stirn.

«Jeremy», sagte sie, «du hast ja Fieber. Ich glaube, du solltest die Affen für ein paar Tage vergessen und im Bett bleiben.»

Ich hatte nicht mal die Energie, ihr zu widersprechen.

Drei Tage später war ich wieder auf dem Damm. Das Jagdfieber brannte heftiger denn je in mir, und ich konnte es kaum erwarten, den Affen wieder auf die Pelle zu rücken.

In der Früh am vierten Tag nahm ich mein Netz und pfiff nach Raudi. «Komm, Alter», sagte ich, «wir gehen zu Großvater und holen uns Rat.»

Raudi streckte mißtrauisch die Schnauze unter der Veranda vor, kam aber nicht heraus. Beim Anblick des Netzes jaulte er auf und zog sich schleunigst zurück. Der Ärmste, ich konnte es ihm nicht verdenken, erst die Affen und dann Daisys Pflege – das alles war zuviel für ihn gewesen.

Ich kniete mich hin und spähte ins Dunkel. Raudi lag zusammengerollt in der äußersten Ecke.

«Raudi, komm», rief ich bittend, «komm doch, ich geh nicht auf die Affenjagd, ich geh nur zu Großvater, willst du nicht mit?»

Er jaulte und winselte zum Herzerweichen und klopfte mit dem Schwanz auf den Boden, aber er kam nicht. Ich bettelte und flehte und versprach ihm alle Köstlichkeiten der Welt, angefangen von gebratenen Kaninchen bis zu Eichhörnchengulasch. Umsonst. Die Freude über meine wiedergewonnene Freiheit war mir gründlich vergällt, niedergeschlagen machte ich mich allein auf den Weg.

Ich war erst eine kurze Strecke gegangen, als ich hinter mir lautes Japsen und Bellen hörte. Raudi kam mir im gestreckten Galopp nachgelaufen und überkugelte sich fast vor Begeisterung. Er hatte begriffen, daß ich nicht auf Affenjagd, sondern zu Großvater ging, und zu Großvater ging er nur zu gern, er liebte ihn fast so sehr wie ich.

«Schäm dich, Raudi», sagte ich vorwurfsvoll. «So ein großer Hund fürchtet sich doch nicht vor kleinen Affen.»

Es war kein sehr ernst gemeinter Vorwurf, denn im Grunde meines Herzens hatte ich jetzt ebensoviel Angst vor den Affen wie er. Trotzdem war ich fest entschlossen, sie allesamt zu fangen, einschließlich des oberschlauen großen Affen.

Großvater hatte offenbar nach mir Ausschau gehalten, denn als ich noch ein ganzes Stück vom Laden entfernt war, trat er schon auf die Veranda, winkte mir zu und wartete dann in seinem Lieblingsstuhl auf mein Herankommen.

Ich trat vor ihn hin, und er musterte mich von Kopf bis Fuß. «Nun, wie ist es dir ergangen?» fragte er.

«Schlecht, Großvater», antwortete ich und lehnte das Netz an die Wand. «Es war ein Riesenreinfall.»

«Warum? Hat das Netz nicht funktioniert?»

«Das Netz hat prima funktioniert, genau wie du gesagt hast. Und ich habe tatsächlich auch zwei Äffchen gefangen, aber sie sind mir wieder entwischt.»

«Was du nicht sagst. Und wie konnte das passieren?»

«Wenn ich das nur wüßte, Großvater. Es kam alles so plötzlich. Eine Minute zuvor hatte ich sie noch im Netz und in der nächsten waren sie schon weg. Und ich hab nicht mal gesehen wie, weil ich so beschäftigt war.»

Großvater zog erstaunt die Augenbrauen hoch. «Beschäftigt? Drück dich deutlicher aus.»

«Wenn du es genau wissen willst – Raudi und ich sind dem Tod nur mit knapper Not entronnen. Diese Biester wollten uns nämlich auffressen, hier, schau dir das an!»

Ich zeigte ihm die verkrusteten Affenbißwunden an Armen und Beinen.

Großvater stieß einen langgezogenen Pfiff aus. «Junge, Junge, die haben dich aber ganz schön zugerichtet. Hat es sehr weh getan?»

«Weh getan! Das will ich meinen! Drei Tage hab ich im Bett gelegen, in meinem ganzen Leben war ich noch nie so kaputt und steif. Ein Eichhörnchenbiß ist ein Mückenstich verglichen damit.»

«Also, jetzt setz dich mal hin und erzähl mir alles der Reihe nach», sagte Großvater.

Als ich mit meinem Bericht fertig war, sagte ich traurig: «Großvater, ich glaube, ich kann diese Affen nicht fangen.»

«Natürlich kannst du die Affen einfangen», sagte Großvater. «Vergiß nicht, was ich dir gesagt habe – jedes Tier läßt sich fangen. Im übrigen solltest du nicht vergessen, daß ich immer mehr als ein Eisen im Feuer habe.»

«Ich weiß, Großvater, aber diesmal sieht es so aus, als ob die Eisen knapp werden.»

Großvater lachte. «Komm, ich zeig dir was.»

Ich folgte Großvater in den Laden, er ging zu einem Regal, griff nach einem Umschlag und wedelte mir damit vor der Nase herum. «Weißt du, was das ist?» fragte er.

Ich schüttelte den Kopf.

«Der Brief stammt von einem Dompteur», erklärte Großvater, «von demselben Mann, der den Zweihundert-Dollar-Affen für den Zirkus abgerichtet hat.»

«Donnerwetter, das muß ein verdammt guter Dompteur sein, er hat diesem Affen beigebracht, wie ein Mensch zu denken; denn ich möchte wetten, daß der große Affe das Netz geöffnet hat, während die Kleinen über Raudi und mich herfielen.»

«Das glaube ich gern», sagte Großvater. «Weißt du übrigens, daß er einen Namen hat?»

«Einen Namen?» rief ich erstaunt. «Ich habe noch nie gehört, daß Affen Namen haben.»

«Es war dumm von mir, nicht gleich daran zu denken», meinte Großvater. «Aber mir ist die Idee auch erst gekommen, nachdem ich den Brief gelesen habe. Es ist natürlich ganz logisch, daß der Affe einen Namen hat. Denk an eure Kuh, sie heißt Sally, und Vaters Maultiere heißen Fred und Georg, und meine beiden Ponies Molly und Dolly. Alle zahmen Tiere haben Namen.»

«Ich weiß, Großvater, aber dieser Affe ist nicht zahm, er ist so wild wie ein Raubtier.»

Großvater schüttelte bedächtig den Kopf. «Ich glaube, da irrst du dich, Junge. Ein einmal gezähmtes Tier verwildert nicht wieder.»

«Und wie heißt er, Großvater?»

«Der Dompteur schreibt, er hieße Jimbo.»

«Jimbo!» rief ich und lachte laut. «Was ist denn das für ein ulkiger Name?»

«So heißt er nun mal.»

«Also meinetwegen, aber was hilft es uns, seinen Namen zu wissen?»

«Eine Menge vielleicht. Der Dompteur schreibt, du solltest versuchen, dich mit dem Affen anzufreunden. Dann würde er vermutlich alles tun, was du willst.»

«Mich mit dem Affen anfreunden? Das ist ganz unmöglich, Großvater. Der Dompteur weiß nicht, was er da sagt. Der Affe würde mich nie auch nur in seine Nähe lassen.»

«Da bin ich nicht so sicher. Der Dompteur hält das für durchaus möglich. Und er sollte es eigentlich wissen. Er sagt, du sollst ihm zu essen bringen, ihn beim Namen rufen und freundlich mit ihm sprechen. Versuch es doch mal, probieren geht über studieren.»

«Das sagst du so, Großvater! Selbst angenommen, ich käme nahe genug an ihn heran, um ihm etwas zu geben. Was dann? Er würde mir glatt den ganzen Arm abbeißen, er hat Zähne wie Heugabeln.»

«Ich glaube nicht, daß du davor Angst zu haben brauchst. Nach allem, was du mir erzählt hast, ist er der einzige gewesen, der nie auch nur den Versuch gemacht hat, dich zu beißen.»

Das stimmte; der große Affe hatte mich kein einziges Mal direkt angegriffen.

«Aber er hat die kleinen Affen auf uns gehetzt», gab ich zu bedenken, «das war auch nicht gerade sehr freundlich von ihm.»

«Glaubst du noch immer, daß Jimbo der Anführer der ganzen Horde ist?» fragte Großvater.

«Das glaube ich nicht, das weiß ich. Die kleinen Affen würden nie etwas von sich aus tun, sie machen nur, was er ihnen sagt.»

«Ausgezeichnet», meinte Großvater zufrieden. «Dann ist die Sache kinderleicht. Du mußt dich mit Jimbo anfreunden und ihn dazu bringen, daß er dir nachläuft, denn ihm werden wieder die kleinen Affen folgen, und auf diese Weise kannst du sie alle in den Maisspeicher führen, und da hast du sie sicher.»

Wenn man Großvater so zuhörte, klang es wirklich kinderleicht. Ich war hell begeistert und wäre in dem Moment sogar bereit gewesen, mit einem Grizzlybären Freundschaft zu schließen. Trotzdem hatte ich noch meine Zweifel.

«Großvater», sagte ich, «Jimbo hat mich zwar nie gebissen, aber das heißt noch lange nicht, daß er auf meine und Raudis Freundschaft sonderlich erpicht ist. Ich habe vielmehr den Eindruck, daß wir ihm ein Dorn im Auge sind. Jedenfalls benimmt er sich so.»

«I wo», erwiderte Großvater. «Das bildest du dir nur ein. Vermutlich hielt er das Ganze für eine Art von Spiel. Der Dompteur behauptet, er hätte Menschen gern, besonders Jungen.»

«Na gut, angenommen, du hast recht. Aber wie rede ich Jimbo an? Ich weiß doch gar nicht, wie man mit Affen spricht.»

«Ich würde mit ihm reden wie mit Raudi. Ruf seinen Namen, und wenn er kommt, bietest du ihm einen Apfel an. Sei freundlich und höflich und mach vor allem keinen Versuch, ihn zu fangen.»

«Meinst du wirklich, es könnte klappen, Großvater?»

«Das weiß ich auch nicht, aber der Versuch lohnt sich.»

Ich dachte einen Moment lang nach. «Okay, Großvater, ich werde es versuchen. Ich würde noch ganz andere Dinge anstellen, um diese Affen zu fangen. Jimbo mag zwar schlau sein, aber ich werde ihm schon zeigen, daß ich auch nicht von gestern bin.»

Großvater blickte zum Himmel. «Die Sonne steht hoch, ich glaube, du kannst noch heute den ersten Versuch starten.»

«Worauf du dich verlassen kannst, Großvater.»

Dann fiel mir noch etwas ein.

«Großvater, wieso hat eigentlich dieser Dompteur an dich geschrieben?»

Großvater schmunzelte. «Das war eins von meinen Extra-Eisen. Ich habe an die Zirkusleute geschrieben, und der Dompteur hat mir geantwortet.»

«So was ähnliches hab ich mir schon gedacht», sagte ich lachend. «Ich weiß nicht, wie ich dir danken soll für alles, was du für mich tust, Großvater.»

«Fang deine Affen, einen besseren Dank kann ich mir nicht wünschen. So, und nun versuch, dich mit Jimbo anzufreunden. Und wenn es nicht klappt, nimm's dir nicht zu Herzen. Dann denken wir uns eben etwas Neues aus.»

«An mir soll's nicht liegen. Ich werde bestimmt tun, was ich kann.»

«Das hoffe ich auch», sagte Großvater, «halte mich auf dem laufenden.»

8

Den Rückweg legte ich im Laufschritt zurück, ich konnte es kaum erwarten, mit Jimbo Freundschaft zu schließen. Ich schlich mich ums Haus herum, weil ich keine Lust hatte, lange Erklärungen abzugeben, und ging in den Keller, um mir einen Apfelvorrat zu holen.

Als ich mit prallen Hosentaschen arglos ins Freie trat,

erschien Daisy. Ich hätte es mir denken können. Einfach hoffnungslos, etwas vor ihr verbergen zu wollen.

«Jeremy», sagte sie mit besorgter Miene, «wenn du noch lange unsere Äpfel an die Affen verfütterst, sind bald keine mehr für deine arme Familie übrig.»

«Also, Daisy, reg dich nicht künstlich auf. Es sind noch Massen von Äpfeln da. Außerdem brauche ich keine mehr. Ich werde nämlich noch heute die Affen fangen.»

Daisy platzte fast vor Lachen. «Der Satz kommt mir irgendwie bekannt vor. Und womit willst du sie diesmal fangen, Bruderherz?»

«Mit gar nichts, wenn du's genau wissen willst. Ich werde mich mit dem großen Affen anfreunden und ihn in die Scheune locken. Dann habe ich gewonnenes Spiel, weil die kleinen Affen ihm folgen werden.»

Daisy sah mich verächtlich an. «Jeremy, sei nicht töricht. Die Affen werden sich hüten, mit dir Freundschaft zu schließen, nach allem, was du ihnen angetan hast. Wenn du nur in ihre Nähe kommst, werden sie dich in Stücke reißen.»

«Du wirst noch dein blaues Wunder erleben, heute abend tanz' ich hier mit der ganzen Affenbande an.» Sprach's und ließ meine kleine Schwester einfach stehen.

Raudi und ich gingen über die Felder, doch als Raudi merkte, daß ich den Weg zum Fluß einschlug, setzte er sich auf die Hinterpfoten und weigerte sich, auch nur einen Schritt weiterzugehen.

«Aber Raudi», sagte ich, «was bist du doch für ein Angsthase, schämst du dich denn gar nicht?»

Er ließ zerknirscht den Kopf hängen, rührte sich aber nicht von der Stelle.

Ich versuchte es mit gutem Zureden und Schmeicheleien, aber es half nichts.

Ich hob sein Hinterteil, schob von hinten, zerrte von

vorn, aber er stemmte die Beine nur noch fester gegen den Boden und rührte sich nicht.

In meiner Verzweiflung wandte ich einen Trick an, von dem ich wußte, daß er immer funktionierte. Ich setzte mich hin, vergrub den Kopf in den Armen und brach in heftiges Schluchzen aus. Raudi kam sofort angelaufen, winselte und leckte mich tröstend ab. Ich streichelte seinen Kopf und sprach mit ihm, dann stand ich auf und ging weiter. Raudi trottete verzagt hinter mir her.

Ich kam mir gemein und schäbig vor, Raudi so hinters Licht zu führen, aber an diesem Morgen blieb mir einfach keine andere Wahl. Ohne ihn zu den Affen zu gehen, hätte ich denn doch nicht gewagt.

Als wir in die Nähe der großen Eiche kamen, zog ich einen Apfel aus der Tasche und rief in die Stille der Flußniederung: «He, Jimbo, komm, komm her, ich hab hier einen Apfel für dich!»

Nie im Leben bin ich mir so dämlich vorgekommen. Die Schamröte stieg mir ins Gesicht, und ich hatte das Gefühl, als ob mich hundert Augen beobachteten.

Ich lauschte gespannt, doch kein Affe ließ sich sehen. Ich ging ein Stückchen weiter und rief wieder: «Jimbo! Wo steckst du denn, nun komm schon.»

Das einzige Lebewesen, das auf meine Lockrufe reagierte, war ein altes Wildschwein, das mich fast zu Tode erschreckte. Zum Glück verschwand es gleich wieder laut grunzend im knackenden Unterholz.

«Frechheit, uns so einen Schrecken einzujagen!» sagte ich zu Raudi im Weitergehen, dann versuchte ich noch mal mein Glück: «Jimbo! Siehst du mich nicht? Komm her!»

Raudi war völlig verwirrt. Er hörte mich rufen, so, wie ich sonst nur nach ihm rief, aber ganz offensichtlich war er diesmal nicht gemeint. Er verstand die Welt nicht mehr. Er setzte sich winselnd auf die Hinterbeine, spitzte die Ohren und sah mich vorwurfsvoll fragend an.

«Raudi», bat ich, «schau mich nicht so an. Ich rufe nach einem Affen, das ist alles.»

Er schien mit der Erklärung nicht viel anfangen zu können, denn er blickte mich weiterhin verständnislos an. Er tat mir ehrlich leid, doch ich hatte jetzt keine Zeit, ihn zu trösten. «Jimbo!» rief ich, «komm doch her.» Kein Jimbo antwortete mir. Plötzlich stieg mir ein Geruch in die Nase, den ich nicht gleich erkannte, doch dann ging mir ein Licht auf – es roch nach Maische. Irgendwo in der Nähe mußte eine Whisky-Brennerei sein.

«Raudi», sagte ich, «da sind mal wieder Schwarzbrenner am Werk. Ich wette, es sind die beiden Söhne von Gravely, die machen immer solche krummen Sachen.»

Es war nicht das erstemal, daß ich in der Flußniederung auf eine Schwarzbrennerei stieß, aber das gehörte zu jenen Dingen, über die man besser den Mund hielt. Die Schwarzbrenner schätzten es gar nicht, wenn man ihre Tätigkeit an die große Glocke hing, und schon mancher hatte seinen Mangel an Verschwiegenheit bitter bereut.

Ich blieb stehen und zog die Luft durch die Nase ein, um festzustellen, woher der Whiskygeruch kam. Ich wollte gerade in die entgegengesetzte Richtung gehen, als ein markerschütternder Schrei die Stille zerriß, dem ein schrilles, kreischendes Geschnatter folgte.

«Raudi», flüsterte ich, «was ist mit den Affen los? So einen Höllenspektakel haben sie noch nie gemacht. Die scheinen sich auf Deubel komm raus zu amüsieren.»

Ich verließ den Pfad und bahnte mir mühsam einen Weg durch das dichte Gebüsch. Je näher ich dem Gejohle kam, desto stärker wurde der Whiskygeruch.

Das Gebüsch lichtete sich, ich bog ein paar dichtbelaubte Zweige zur Seite und blieb wie angewurzelt stehen. Der Apfel fiel mir aus der Hand und der Unterkiefer herunter.

Jimbo stand inmitten der Lichtung neben einem Maischefaß, in der einen Pfote hielt er eine Blechdose, mit der anderen hielt er sich am Faßrand fest. Er sah uns gelassen, fast freundlich an.

Rings um ihn herum tollten übermütig die schreienden, schnatternden kleinen Affen. Zuweilen rollte sich einer auf dem Boden oder sprang in die Luft. Sie waren völlig außer Rand und Band und ließen sich weder von Raudi noch von mir in ihrem Treiben stören.

«Raudi», wisperte ich, «irgendwas stimmt hier nicht. Die Affen benehmen sich so komisch.»

Ich hatte den Satz kaum zu Ende gesprochen, als eins der kleinsten Äffchen, nicht größer als eine Katze, auf den Rand des Fasses kletterte. Dort reckte es sich in die Höhe, quietschte vor Vergnügen, lehnte sich vor und fiel kopphei-ster ins volle Faß.

Ich war schon auf dem Sprung, meine fünfzig Dollar vor dem Ertrinken zu retten, als Jimbo mir zuvorkam. Mit einem gurgelnden Schrei tauchte er seinen langen Arm in die Brühe und erwischte den kleinen Gesellen am Schopf. Er zog ihn heraus und setzte ihn auf den Boden.

Was für ein Anblick! Das arme Tier war von oben bis unten mit Maischeschaum bedeckt und hockte völlig verdattert da – ein verklebtes Häufchen Unglück.

Im Nu kamen ein Dutzend anderer Affen angesprungen und fingen an, ihn zu lecken und zu putzen. Mit geschlossenen Augen und gottergeben ließ es die Säuberungsaktion über sich ergehen.

Es sah so ungemein putzig aus, daß ich laut lachen mußte. «Raudi», flüsterte ich, «schau dir das feuchtfröhliche Fest an.»

Kaum hatte ich das gesagt, fiel es mir wie Schuppen von den Augen.

«Mein Gott, Raudi», sagte ich aufgeregt. «Weißt du was? Die Affen sind betrunken. Kein Wunder nach all der Maische. Und deshalb führen sie sich auch so seltsam auf.»

Raudi blieb von meiner Enthüllung völlig ungerührt. Er gab klar zu erkennen, daß er mit Affen, egal ob nüchtern oder betrunken, nichts mehr zu tun haben wollte.

«Raudi», befahl ich, «du bleibst hier. Ich geh jetzt zu Jimbo und werd' versuchen, mich mit ihm anzufreunden. Aber eins sag ich dir, wenn er mich angreift, mußt du mir zu Hilfe kommen. Und wehe dir, du läßt mich im Stich, dann mußt du neunzig Tage lang zusammen mit Daisys Katze im Maisspeicher schlafen.»

Ich ging mit einem Apfel in der ausgestreckten Hand auf Jimbo zu. «He, Jimbo, schau, ich hab was für dich. Komm, laß uns Freunde sein.»

Jimbos Augen richteten sich erst auf mich, dann auf den Apfel. Er bewegte keinen Muskel.

Ich zitterte vor Angst wie eine Ähre im Wind. Wenn er mir jetzt an die Gurgel spränge, könnte auch Raudi mir nicht mehr helfen. Doch irgendwie, ich wußte nicht warum, hatte ich das Gefühl, daß er eher neugierig als böse war. Vielleicht, weil ich ihn bei seinem Namen gerufen hatte.

Ich ging näher an ihn heran. «Jimbo, komm doch, ich hab dir einen Apfel mitgebracht. Es ist ein Geschenk, bestimmt.»

Mein zweites Angebot hatte schon etwas mehr Erfolg. Jimbo fing an herumzuhopsen und grunzte mehrmals. Schließlich formten seine gummiartigen Lippen ein großes «O».

Ich grinste und nickte. «Ich weiß zwar nicht, was du meinst, Jimbo, aber was auch immer es ist, mir soll's recht sein. Bloß, bitte, werd' jetzt nicht ärgerlich, ich will ja nur das Beste.»

Ich wußte nicht, ob meine Worte auf Jimbo irgendeine Wirkung ausübten, mir jedenfalls flößten sie Mut ein. Ich traute mich näher an ihn heran.

«Jimbo, altes Haus, laß uns Frieden schließen. Ich mag dich wirklich gern, na, nimm schon den blöden Apfel.»

Jimbo starrte mich durchdringend an, als wollte er hinter meiner Stirn die Gedanken lesen. Ich holte tief Luft. «Jimbo», flüsterte ich mit erstickter Stimme. «Der Apfel, bitte!» Die Blechdose, die er in der Hand hielt, fiel lautlos zu Boden. Jimbo kam auf seinen kurzen Beinen herangewatschelt und nahm den Apfel aus meiner Hand. Hätte ich einen Luftgeist in einer Flasche gefangen, ich wäre nicht stolzer gewesen.

Jimbo verzehrte den Apfel mit Genuß, während ich ihm ununterbrochen meine Freundschaft beteuerte und ihm Komplimente über seine Klugheit machte.

Das schien ihm zu gefallen, denn er grunzte zufrieden. Als er den Apfel aufgegessen hatte, hob er die Blechdose wieder auf, füllte sie mit Maische und reichte sie mir als Gegengabe. Wirklich sehr wohlerzogen.

Ich lächelte höflich und sagte: «Tausend Dank, Jimbo, aber das ist wirklich nicht nötig. Abgesehen davon mag ich das Zeug nicht.»

Als Jimbo sah, daß ich seinen Drink ablehnte, geriet er außer sich vor Wut. Er warf die Blechdose zu Boden, schrie und tobte und warf Knüppel, Erdklumpen und Steine nach mir.

Einige der kleinen Affen kamen sofort angeschossen, stellten sich auf die Hinterbeine, fletschten die Zähne und kreischten mir haßerfüllt ins Gesicht. Ich hatte offenbar die ganze Affengesellschaft tödlich beleidigt, indem ich Jimbos Angebot ausgeschlagen hatte.

Ich zog mich in eine Gebüschecke zurück und wartete, bis das empörte Geschnatter sich legte. Dann wandte ich mich wieder an Jimbo.

«Jimbo», sagte ich, «nun laß uns doch mal vernünftig miteinander reden. Ich hab ja auch so ein schnatterndes Weibervolk zu Hause. Aber, jetzt mal ganz von Mann zu Mann, ich meine, wir sind doch Freunde.»

Jimbo sah mich an, bückte sich, hob die Blechdose auf, füllte sie wieder mit Maische und reichte sie mir. Soviel Beharrlichkeit war schon erstaunlich.

Natürlich wollte ich ihn nicht vor den Kopf stoßen. Der ganze Sinn der Übung war schließlich, ihn für mich zu gewinnen. Ich nahm also die Blechdose und prostete ihm zu, ohne jedoch zu trinken.

Doch damit gab sich Jimbo nicht zufrieden. Er wurde wieder ganz wütend, schrie und grunzte und fuchtelte mit seinen langen Armen in der Luft herum.

«Jimbo», sagte ich verzweifelt, «du willst also unbedingt, daß ich das scheußliche Zeug trinke? Also gut, wenn dir soviel daran liegt – auf dein Wohl, alter Knabe.»

Ich nahm zwei Schluck aus der Blechdose und dachte, ich werd nicht mehr.

Jimbo gebärdete sich wie ein Irrer vor Freude, er grunzte und applaudierte, ein ganzer Apfelbaum hätte ihm nicht mehr Vergnügen bereitet.

Ich wollte ihm die Freude nicht verderben und nahm noch einen Schluck. Erstaunlicherweise schmeckte der wesentlich besser. Meine Zunge und Kehle prickelten angenehm, und mein Magen wurde so warm wie ein Ei im Brutkasten. Ich rülpste ein paarmal und sagte zu niemand im speziellen: «Donnerwetter, gar nicht so übel, das Gesöff.»

Ich setzte mich auf einen Baumstumpf und nahm drei kräftige Schlucke.

Und dann sah ich Raudi. Er mußte von seinem Versteck

aus meine Verbrüderung mit den Affen beobachtet haben, denn er kam jetzt unter dem Busch hervor und schlich mißtrauisch, den Bauch fast am Boden, auf mich zu. Das Ganze war ihm offensichtlich nicht geheuer, aber seine Eifersucht war größer als seine Furcht. Er haßte es, wenn ich zu anderen Tieren nett war, ich durfte nicht mal einer Katze oder einer alten Sau einen freundschaftlichen Klaps geben.

Ich wartete mit angehaltenem Atem, was die Affen nun wohl unternehmen würden. Ich sah, daß sie jede seiner Bewegungen verfolgten, doch keiner machte Anstalten, ihm an die Gurgel zu springen.

Raudi tat alles, was in seiner Macht stand, um den Affen zu zeigen, daß er der friedlichste aller Jagdhunde war. Er wedelte mit dem Schwanz und winselte, während er Zentimeter um Zentimeter auf mich zukroch. Endlich hatte er es geschafft, mit einem Jauler der Erleichterung ließ er sich neben mir nieder.

Jimbo holte, um Raudi zu zeigen, daß auch er willkommen war, eiligst eine zweite Blechdose. Er füllte sie mit Maische und stellte sie direkt vor Raudis Schnauze.

Raudi hatte seine eigenen Ansichten vom Leben, an denen er eisern festhielt. Dazu gehörte, daß alles, was ich aß oder trank, auch ihm nicht schaden konnte. Und so streckte er, ohne zu zögern, den Kopf vor und fuhr mit seiner langen rosa Zunge in die Maische.

«Nun, Raudi, was sagst du, schmeckt gar nicht so übel, wie? Bitte bedien dich.»

Raudi fand offenbar Geschmack an der Maische, denn er leckte die Blechdose ratzekahl leer. Jimbo erwies sich als der aufmerksamste Barkeeper der Welt. Kaum hatten wir ausgetrunken, lief er eilfertig herbei und füllte unsere Dosen nach.

Ich war so guter Dinge, daß ich aus reiner Lust am Leben

laut zu singen anfing. Ich sang mein ganzes Repertoire von Anfang bis Ende herunter.

Als Raudi mich singen hörte, wollte er nicht zurückstehen, er hob den Kopf und stimmte das Hunde-Dank-Geheul an.

Das animierte die kleinen Affen, sich auch an den Lustbarkeiten zu beteiligen. Sie umringten uns laut kreischend und schnatternd. Jimbo klatschte begeistert in die Hände und gab eine Tanzvorstellung mit Purzelbaumeinlagen, zu der er selbst die musikalische Begleitung übernahm.

Und dann, ehe ich mich's versah, kletterten die Äffchen an mir hoch. Sie turnten an meinen Armen und Beinen, bohrten ihre Finger in meine Ohren, kitzelten mich an der Nase, krabbelten mich am Rücken, so daß ich aus dem Kichern gar nicht mehr herauskam.

Raudi wurde die gleiche Behandlung zuteil. Sie stöberten in seinem Fell, als suchten sie nach Flöhen, hoben die langen Ohren in die Höhe, linsten hinein, krochen auf seinen Rücken und inspizierten seine Zähne.

Raudi war ganz entzückt von seinen neuen Freunden, er leckte jeden, der in Reichweite kam, mit seiner langen Zunge zärtlich ab und winselte vor Vergnügen.

Und dann schlief ich ein, friedlich und sanft. Das Erwachen war weniger schön. Ich fror wie ein Schneider, und es wurde schon dunkel. Mein Magen fühlte sich an, als hätte ich eine Handvoll Kletten geschluckt, mein Kopf war so schwer wie ein Mühlstein, und in meinen Schläfen hämmerte und pochte es unerträglich. Mir war so schlecht wie noch nie im Leben. Die Bäume verschwammen mir vor den Augen und standen seltsam schief.

Ich schüttelte heftig den Kopf, um klarer zu sehen, und schrie auf wie eine Katze, der man auf den Schwanz getreten hat. Ich dachte, mein Schädel sei zersprungen, und meine Augen seien aus ihren Höhlen gefallen.

Ich begriff nicht, warum mir so kalt war, meine Zähne klapperten, und ich zitterte am ganzen Körper. Ich rieb meine Beine warm – und fuhr in die Höhe. «He!» schrie ich entsetzt, «meine Hose ist weg.»

Ich hatte nur noch meine Unterhose und mein Hemd an, aber das reichte nur knapp bis zur Hüfte. Meine Hemden gerieten Mutter oft zu kurz. Ich suchte überall nach meiner Hose, doch sie war spurlos verschwunden.

Raudi lag zwei Meter entfernt von mir und schlief wie ein Murmeltier.

«Raudi», rief ich laut. «Wach auf! Du bist mir vielleicht ein schöner Wachhund. Liegst da und schläfst und läßt zu, daß mir einer die Hose stiehlt. Los! Such jetzt! Bring mir die Hose wieder, bevor mich jemand so sieht!»

Raudi rappelte sich auf, aber mehr auch nicht. Er machte keine Anstalten, sich zu bewegen. Er stand da auf wackligen Beinen und blickte mich flehend an.

Ich wollte ihm zu Hilfe eilen, doch irgendwas ging dabei schief. Ich hatte einen unerklärlichen Linksdrall und schoß mit der Geschwindigkeit eines Pfeils drei Meter an Raudi vorbei direkt auf einen jungen Baum zu, an dem ich mich mit beiden Händen festhielt, um nicht hinzufallen.

Raudi versuchte nun seinerseits unter lautem Jaulen seine Beine wieder in Gang zu bringen, um mir Beistand zu leisten. Doch er war in keinem besseren Zustand als ich. Er torkelte und stolperte über die eigenen Pfoten und kam nicht von der Stelle.

«O je, o je, Raudi», sagte ich und hielt mir den schmerzenden Kopf, «das ist ja eine schöne Bescherung. Ich dachte immer, die Maische müßte erst im Whisky drin sein, bevor man betrunken davon wird. Aber eigentlich hätte uns das Benehmen der Affen schon eines Besseren belehren müssen.»

Ich hatte die Affen völlig vergessen, nun fielen sie mir

wieder ein. Ich sah mich nach ihnen um, doch sie waren wie vom Erdboden verschluckt. In der Flußniederung herrschte tiefe Stille, das einzige, was ich hörte, war das Gurgeln der gärenden Maische. Das Geräusch allein machte mich ganz elend.

«Raudi», sagte ich. «Ich versteh nicht, wo meine Hose hingekommen ist. Ich kann mir nicht denken, daß jemand das alte, geflickte Ding gestohlen hat. Es sei denn Jimbo. Das wäre allerdings möglich. Und jetzt weiß ich auch, warum er uns so großzügig mit Maische bewirtet hat. Er wollte uns betrunken machen, damit er mir die Hose klauen konnte.»

Der Gedanke, daß der alte Gauner mich wieder hereingelegt hatte, machte mich fuchsteufelswild. Doch dann kam mir ein neuer Gedanke, der mich alles andere vergessen ließ. Der Gedanke an Mutter. Wie sollte ich ihr bloß erklären, daß mir meine Hose abhanden gekommen war? So sehr ich mir auch das Gehirn zermarterte, mir fiel keine überzeugende Ausrede ein. Und nun fühlte ich mich erst recht hundeelend.

Raudi und ich taumelten mehr tot als lebendig den Wildpfad entlang. Solange ich denken kann, waren wir diese Wege so behende entlanggerannt wie junge Rehe. Doch an diesem Tag schien der Pfad so schmal wie ein Schürzenband, ich mußte mich rechts und links an den Büschen festhalten, um nicht zu fallen.

Raudi hielt sich dicht hinter mir und hatte mit seinen eigenen Schwierigkeiten zu kämpfen. Es gelang ihm nur mit großer Mühe, die Richtung beizubehalten.

Als wir endlich den Zaun erreichten, der sich um unsere Farm zog, trat ein neues Problem auf. Raudi und ich waren schon unzählige Male darüber weggesprungen, heute jedoch schien er uns fünf Meter hoch.

Raudi war besser dran als ich, er fand ein Loch, durch das er sich bäuchlings winden konnte. Ich dagegen schwang mich todesmutig auf den Zaun, und das ging auch noch ganz gut, aber oben wurde mir schwindlig, ich verlor den Halt und plumpste wie ein Mehlsack aufs Feld. Es tat so weh, daß ich glaubte, ich hätte mir das Genick gebrochen.

Auf meinem mühseligen Nachhauseweg hatte ich mir überlegt, daß es nur eine Möglichkeit gab, Mutters Zorn zu entgehen. Ich mußte unbemerkt ins Haus gelangen und mir schnell eine andere Hose anziehen. Zumindest war es ein Hinhaltemanöver, vielleicht würde mir dann später, wenn ich meine fünf Sinne wieder beisammen hatte, eine gute Ausrede einfallen.

Zuerst war das Glück mir hold. Ich machte das Gatter auf, der Hof war leer. Doch als ich fast an der Haustür war, kam Daisy singend um die Ecke gehumpelt. Bei meinem Anblick blieb sie wie angewurzelt stehen, das Lied erstarb ihr auf den Lippen, sie starrte mich an, als sei ihr ein Geist erschienen.

«Jeremy», schrie sie entsetzt, «wo um Himmels willen sind deine Hosen? Schämst du dich nicht, halbnackt herumzulaufen! Was ist denn jetzt schon wieder passiert?»

Ich schwieg. Was sollte ich auch sagen. Ich lehnte mich stöhnend an die Hausmauer und vergrub den Kopf in die Arme.

Daisy kam näher. «Jeremy», sagte sie, «du bist ja weiß wie ein Hühnerei. Geht es dir etwa schlecht?»

«Daisy», sagte ich mit schwacher Stimme, «mir geht es so schlecht wie noch nie im Leben. Ich glaube, ich sterbe gleich.»

Die Ankündigung meines kurz bevorstehenden Todes erschreckte Daisy. Sie nahm mich beim Arm und sagte: «Jeremy, komm, stütz dich auf mich.»

Ich richtete mich schwankend auf, Daisy ließ meinen Arm jäh los und trat einen Schritt zurück. «Pfui», rief sie, «du stinkst ja.»

Ich schwieg und senkte den Blick.

Daisy kam mit ihrer Nase dicht an mich heran, schnüffelte und fuhr angewidert zurück. «Jeremy», rief sie empört, «dir geht es nicht schlecht, du bist betrunken, du stinkst nach Whisky drei Meilen gegen den Wind.»

«Ich weiß, ich bin betrunken», sagte ich beschämt, «aber glaub mir, Daisy, es ist nicht meine Schuld, und schlecht geht es mir außerdem.»

«Mutter, Mutter!» schrie Daisy mit schriller Stimme, «komm schnell, Jeremy ist völlig betrunken und splitternackt.»

Ich wollte fortlaufen, aber ich wagte nicht, die Hausmauer loszulassen, aus Angst, platt auf die Nase zu fallen.

Mutter kam aus dem Haus gestürzt, flatternd vor Empörung. So wütend hatte ich sie noch nie gesehen, nicht mal an dem Tag, als ich ihrer besten Bruthenne eine junge Eule untergeschoben hatte.

«Sieh ihn dir an, Mutter», sagte Daisy und zeigte mit einem spitzen Zeigefinger auf mich. «Er kann nicht mal gerade stehen, so betrunken ist er, und seine Hosen hat er auch verloren. Was sagst du dazu, Mutter?»

«Nichts», sagte Mutter, «mir fehlen die Worte.»

«Riech mal an ihm, Mutter, er hat eine kilometerlange Whiskyfahne.»

Mutter musterte mich stirnrunzelnd von Kopf bis Fuß. «Jeremy, bist du wirklich betrunken?»

«Ich glaube ja, Mutter, aber es ist nicht meine Schuld.»

«Drück dich bitte etwas klarer aus», fauchte Mutter. «Und mach keine dummen Ausflüchte. Wer hat dir den Whisky gegeben? Waren es die Gravely-Jungen?»

«Nein, Mutter, Jimbo hat mich betrunken gemacht.»

«Jeremy», rief Mutter zornig, «du erwartest doch nicht etwa, daß ich dir das glaube!»

«Es ist die Wahrheit, Mutter. Am Fluß unten ist eine

Schwarzbrennerei, und dort habe ich die Affen gefunden. Sie tranken Maische und haben mir auch welche angeboten. Ich wußte nicht, daß man davon betrunken wird.»

«Und wo sind deine Hosen?»

«Ich weiß nicht, Mutter. Ich bin eingeschlafen, und als ich aufwachte, hatte ich sie nicht mehr an. Vermutlich hat Jimbo sie mir geklaut.»

«Mutter, schau!» quiekte Daisy, «schau doch, Raudi ist auch betrunken!»

Armer Raudi, Mutters Stimme verhieß nichts Gutes, das Barometer stand auf Sturm. Er versuchte verzweifelt, sich aus dem Staub zu machen, aber seine Beine wollten nicht wie er.

Mutter schlug die Hände zusammen. «Mein Gott, mein Gott», jammerte sie, «womit habe ich das alles verdient.»

In der nächsten Sekunde hatte sie mich am Ohr gepackt. «Scher dich ins Bett, aber schleunigst. Und mit der Affenjagd ist es ein für alle Mal vorbei. Ich bin am Ende meiner Geduld.»

Mutter brachte mich zu Bett – nicht sonderlich behutsam. Sie zerrte mich die Treppe hinauf und stopfte mich wortlos unter die Decke. Ich schlief sofort ein.

Irgendwann in der Nacht wachte ich auf und hörte Mutters erregte Stimme. «Soweit ich weiß», hörte ich sie sagen, «hat er mich noch nie angelogen, aber ich kann es einfach nicht glauben, daß eine Horde von Affen einen Jungen betrunken machen kann. Irgend jemand anders muß es getan haben.»

Dann hörte ich Vater lachen. «Das glaub ich nicht. Ich weiß, daß es unten am Fluß eine Schwarzbrennerei gibt, ich kann, wenn der Wind entsprechend steht, auf den unteren Feldern die Maische riechen.»

Mutter sagte: «Meinetwegen kann es Hunderte von Schwarzbrennereien am Fluß geben, aber du kannst mir nicht weismachen, daß eine Horde von Affen einen Jungen betrunken machen kann.»

«Meine Liebe», sagte Vater geduldig, «ich will dir nichts weismachen, ich glaube einfach, daß Jeremy die Wahrheit gesagt hat. Vermutlich hat sich alles genau so abgespielt, wie er es erzählt hat. Die Affen haben die Schwarzbrennerei entdeckt, und wie du weißt, enthält Maische alles, was Tiere gern mögen – Zucker, Getreide, Malz und Hefe. Mir scheint, hinter der Sache steckt mehr, als wir ahnen. Morgen früh werd ich mal mit ihm reden.»

9

Am nächsten Morgen erwachte ich mit einem ausgewachsenen Quadratschädel und fühlte mich noch elender als am Abend zuvor. Mein Hals war wie ausgedörrt, ein paar Mal schluckte ich krampfhaft, doch das hatte nur zur Folge, daß mein Vorrat an Spucke beängstigend sank. Ich konnte nur noch an Wasser denken und hatte einen so faulen Geschmack im Mund, wie an dem Tag, als ich grüne Datteln gegessen hatte.

Ich wußte nicht, wo ich war. Die Welt drehte sich wie ein Karussell, immer rund herum. Nach einer Weile hörte das Kreisen auf, und ich fühlte mich etwas besser. Aber nicht lange, denn nun fiel mir alles, was gestern geschehen war, siedend heiß wieder ein – die Affen, die Schwarzbrennerei, die Maische, die verlorene Hose. Ich stöhnte auf und vergrub meinen Kopf im Kissen. Umsonst! Die Erinnerung an meine Schande ließ sich nicht vertreiben.

Ich war noch tief in meine düsteren Gedanken versunken, als die Tür aufging und meine Eltern und Daisy erschienen.

Vater fragte: «Nun, Jeremy, wie fühlst du dich?»

«Sterbenselend, Vater.»

Er lachte. «Ich glaube nicht, daß du gleich stirbst. In ein, zwei Tagen bist du wieder so munter wie ein Fisch im Wasser.»

«Ich versteh überhaupt nichts mehr. Ich dachte, Maische macht nur betrunken, wenn sie schon im Whisky drin ist.»

Vater schüttelte den Kopf. «O nein, Maische macht einen genauso betrunken wie Whisky, nur daß sie einem noch wesentlich schlechter bekommt.»

Daisy hatte noch immer kein Wort gesagt, sie sah mich nur voller Abscheu an. Nun wandte sie sich zur Tür. «Ich geh jetzt besser», meinte sie. «Mir scheint, ich habe in den nächsten Tagen alle Hände voll zu tun.»

Ich hörte die Bemerkung nur mit halbem Ohr, doch mir schwante nichts Gutes. Daisy konnte Kranke einfach nicht in Frieden lassen. Und so würde sie wohl auch diesmal ihren Rotkreuzfimmel an mir austoben, ob ich das allerdings in meinem augenblicklichen Zustand lebend überstehen würde, schien mir höchst zweifelhaft.

Nun, zumindest würde ich vor Mutter Ruhe haben, sie war noch immer geladen, das konnte ich an ihren blitzenden Augen sehen. Aber das beunruhigte mich nicht weiter. Vermutlich würde sie einige Tage mit bitterböser Miene herumlaufen, dann würde sie Mitleid mit mir bekommen, und zum Schluß war alles wieder gut.

Vater sagte: «Ich kann immer noch nicht verstehen, warum du die Maische getrunken hast. Es war doch bestimmt nicht das erstemal, daß du auf eine Schwarzbrennerei gestoßen bist, und ich bin sicher, du hast früher Maische nie angerührt.»

«Das habe ich auch nicht, Vater, es war wirklich das

erstemal. Ich weiß nicht, wie es passiert ist, es ging alles so schnell. Ehe wir uns versahen, tranken Raudi und ich die Maische wie Wasser.»

Vater setzte sich zu mir auf den Bettrand. «Wie wär's», schlug er vor, «wenn du mir die ganze Geschichte von Anfang an erzählst. Ich würde wirklich gern genau wissen, wie sich alles zugetragen hat.»

Schon immer war es mir leichter gefallen, mit Vater zu reden als mit Mutter. Ich weiß nicht warum. Vielleicht weil er auch mal ein Junge gewesen war und mich daher besser verstand. Und so erzählte ich ihm unser Abenteuer bis in jede Einzelheit. Erst als ich auf die geklaute Hose zu sprechen kam, geriet ich ins Stocken. «Ja, und irgendwann», stotterte ich, «bin ich dann eingeschlafen und . . .» Ich merkte, daß ich so nicht weiterkam. Ich nahm also allen Mut zusammen, starrte an Vater vorbeisehend ein Loch in die Wand und brachte den Rest meiner Geschichte so schnell wie möglich hinter mich.

Als ich zu Ende war, hörte ich ihn lachen. «Es sieht ganz so aus, als hätte Jimbo euch beide absichtlich betrunken gemacht, um deine Hose zu klauen. Aber was hat er bloß vor damit?»

«Das ist mir auch völlig schleierhaft, Vater. Vielleicht trägt er sie jetzt. Diesem Burschen traue ich alles zu.»

«Also, Jeremy, ich würde die ganze Sache nicht zu tragisch nehmen, sie ist ja noch mal glimpflich ausgegangen. Nur von der Maische laß die Finger. Man gewöhnt sich leicht an das Zeug, und das kann dann böse Folgen haben.»

«Darum, Vater, brauchst du dir keine Sorgen zu machen. Mein Leben lang werde ich keine Maische und keinen Whisky mehr anrühren. Wenn einem so schlecht vom Trinken wird, dann kann mir jeder Alkohol gestohlen bleiben. Ehrenwort!»

Vater lächelte. «Dann hatte das Ganze ja vielleicht doch

sein Gutes. Eine solche Lektion vergißt man nicht so leicht.»

«Bestimmt nicht, Vater, und wenn ich Jimbo zu fassen kriege, dann werde ich ihm gehörig den Marsch blasen.»

«Du wirst ihn zu fassen kriegen», versicherte Vater schmunzelnd. «Wenn man eine Sache wirklich will und sich nicht zu früh geschlagen gibt, bekommt man sie meistens.»

«Ich werde mich bestimmt nie geschlagen geben, und wenn ich diese Affen bis nach Arkansas verfolgen muß.»

Vater behielt recht. Nach zwei Tagen fühlte ich mich wieder so munter wie ein Fisch im Wasser.

Als ich morgens in die Küche kam, saß die Familie schon am Frühstückstisch. Sie lachten und klatschten in die Hände, als hätten sie mich seit zehn Jahren nicht gesehen. Ich setzte mich verlegen auf meinen Stuhl und häufte meinen Teller voll.

Vater nickte anerkennend. «Nun, deinem Appetit nach zu schließen, kannst du nicht mehr sehr krank sein.»

«Ich bin wieder zu neuen Schandtaten bereit, Vater», erklärte ich grinsend.

Mutter sah mich scharf an. «Ich an deiner Stelle würde etwas kürzer treten, junger Mann. Und eins kann ich dir versprechen, wenn du mir noch einmal betrunken nach Hause kommst, kannst du deine Siebensachen packen und gehen.»

Daisy kicherte. «Armer Jeremy, er hat nichts mehr zum Packen. Alles, was ihm gehört, haben ihm die Affen geklaut, sogar seine Hosen!»

Schwestern!

«Ich seh schon», seufzte Mutter, «ich muß mich hinsetzen, um dir eine neue Hose zu nähen.»

«Jeremy», sagte Daisy, «dein Hund ist auch so ziemlich wiederhergestellt. Ich habe ihm erst etwas warme Milch gegeben und ihn dann gebadet. Das kalte Wasser hat ihm bestimmt gutgetan.»

Ich bezweifelte stark, daß Raudi die Kaltwasser-Behandlung als so wohltuend empfunden hatte, wie meine kleine Schwester annahm. Und so lief ich gleich nach dem Frühstück auf den Hof, um nach ihm zu sehen. Raudi hatte alle Viere von sich gestreckt und sah mich tieftraurig an – als wäre ihm kein einziger Freund mehr auf dieser Welt geblieben.

«Ich weiß, wie dir zumute ist», sagte ich und streichelte seinen Kopf, «doch nun ist ja alles vorbei. Ehrlich gesagt – es ist fast ein Wunder, daß wir beide Daisys Roßkur so glimpflich überstanden haben.»

Doch kein Trostwort konnte Raudi aus seiner trübsinnigen Stimmung reißen, er wedelte nicht mal mit dem Schwanz.

«Komm, Raudi», sagte ich bittend, «wir gehen zu Großvater. Ich will mit ihm noch mal über die Affen reden.»

Raudi reagierte nicht.

Ich zerbrach mir den Kopf, womit ich ihn aufheitern könnte. «Und sicher hat er ein Stück Wurst für dich», lockte ich, eingedenk meines eigenen Appetits.

Das war das Zauberwort. Er sprang auf und lief bellend vor mir her.

Großvater war nicht im Laden, als wir ankamen, aber die Tür stand sperrangelweit offen. Er mußte also in der Nähe sein. Und dann hörte ich lautes Hämmern von der Scheune her. Ich ging hin und fand einen schwitzenden Großvater vor, der eine neue Speiche in das Rad seines Gigs einsetzte.

«Hallo, Junge», rief Großvater.

«Hallo, Großvater.»

Er sah mich listig aus seinen freundlichen, alten Augen an, blickte um sich, als hätte er Angst vor Lauschern, beugte sich vor und flüsterte mir mit Verschwörermiene ins Ohr:

«Ich hab' eine Whiskyflasche im Maisspeicher versteckt. Willst du 'nen kleinen Schluck?»

«Vielen Dank, Großvater», lehnte ich mit gespieltem Ernst ab, «aber ich bin kein großer Whiskyliebhaber.»

«Das habe ich bisher auch gedacht, aber dein Vater hat mir erzählt, ihr beide, Raudi und du, hättet euch ganz tüchtig die Nase begossen.»

«Das haben wir auch, Großvater, aber ohne es zu wollen. Jimbo hat uns betrunken gemacht. Die verflixten Affen, immer halten sie mich zum besten. Diesmal haben sie mir sogar die Hose geklaut. Das werde ich noch in zehn Jahren von Daisy zu hören bekommen.»

Großvater lachte schallend, dicke Tränen liefen ihm die Backen herunter.

Und weil ich ihn liebte, lachte ich mit.

Bei so viel Fröhlichkeit vergaß sogar Raudi sein letztes Restchen Weltschmerz, er jaulte und sprang an uns hoch.

Schließlich zog Großvater sein großes, rotes Taschentuch hervor, rieb seine Brillengläser blank, schnaubte sich geräuschvoll die Nase und sagte: «So, und jetzt wollen wir mal ernsthaft darüber nachdenken, wie wir diesen Affen ein Schnippchen schlagen. Den Hosendiebstahl lassen wir ihnen nicht so einfach durchgehen. Lauf jetzt nach Hause, und morgen früh halte dich bei Sonnenaufgang bereit, ich hole dich mit dem Gig ab, und wir fahren in die Stadt.»

Ich war baß erstaunt. Was wollte Großvater in der Stadt? In die Stadt fuhren wir nur alle Jubeljahre mal.

«Was willst du denn in der Stadt, Großvater?»

«Ich will dort herauskriegen, wie man Affen fängt», meinte Großvater, als sei das die selbstverständlichste Sache der Welt.

«Kennst du denn einen Affenfänger in der Stadt?» fragte ich, noch immer ziemlich verwirrt.

«Nein», antwortete Großvater. «Aber ich weiß, wohin ich gehen muß, um etwas über Affen zu erfahren.»

Ich sah Großvater entgeistert an. «Wohin?»

«In die Bibliothek.»

Jetzt ging mir ein Licht auf. «Ach, du meinst das Haus, wo Tausende und Abertausende von Büchern stehen?»

«Genau das meine ich», bestätigte Großvater. «Es gibt kein Problem, auf das eine Bibliothek nicht eine Antwort hätte. Du wirst sehen, irgendwo in diesen vielen Büchern finden wir etwas über das Fangen von Affen.»

«Schade, daß dir die Bibliothek nicht früher eingefallen ist, Großvater, das hätte Raudi und mir viel Ärger erspart.»

10

Ich träumte, daß Vater mich heftig rüttelte und rief: «He, Jeremy, wach auf, du hast doch Großvater dein Ehrenwort gegeben, fertig zu sein, wenn er kommt.»

Ich fuhr erschreckt hoch. «Mein Gott, um dich wach zu kriegen, muß man ja die Sturmglocke läuten. Dein Großvater wartet auf dich.»

«Was! Er ist schon hier? Wie spät ist es denn?» Noch ganz benommen, rieb ich mir den Schlaf aus den Augen.

«Halb sechs. Und beeil dich, Großvater ist schon ganz ungeduldig.»

Ich sprang aus dem Bett und fuhr in meine Kleider. Als ich in die Küche kam, sah ich zu meinem Erstaunen, daß die gesamte Familie schon auf den Beinen war. Mutter bereitete das Frühstück, Daisy deckte den Tisch, und Vater und Großvater tranken Kaffee.

«Mein Gott, warum seid ihr denn alle schon so früh auf?» fragte ich.

Mutter würdigte mich keiner Antwort, sondern sagte zu Großvater gewandt. «Papa, du willst doch nicht im Ernst in die Stadt fahren, um Bücher über Affen zu lesen? So was Verrücktes hab ich ja noch nie gehört.»

Großvater prustete die Luft aus den Backen. «Warum verrückt? Ich habe keine Ahnung, wie man Affen fängt, und vielleicht finde ich in der Bibliothek ein Buch, aus dem ich etwas lernen kann. Manchmal geht studieren über probieren.»

«Großvater!» mischte Daisy sich jetzt mit ihrer hellen Stimme ein, «warst du schon oft in einer Bibliothek?»

Großvater schnaubte wie Sally, wenn sie von einer Mücke belästigt wird. «Nein, noch nie», brummte er. «Im Leben tut man alles irgendwann zum erstenmal.»

Als wir mit dem Frühstück fertig waren, sah Großvater mich an und sagte: «Also Jeremy, auf los geht's los. Wir haben ein volles Programm.»

Daisy und die Eltern begleiteten uns zum Gig. Raudi thronte stolz auf dem Sitz. Als wir ankamen, fing er an zu bellen und wedelte so heftig mit dem Schwanz, als wollte er den Staub von Jahrhunderten wegfegen.

«Schau dir das an», sagte Großvater schmunzelnd, «er weiß genau, daß wir in die große Welt fahren und ist wild entschlossen mitzukommen.»

«Raudi!» rief ich streng. «Fort mit dir. Was bildest du dir ein! In der Stadt können wir dich nicht brauchen.»

Raudi senkte den Kopf, das Bellen verstummte, das fröhliche Wedeln hörte auf, die Ohren hingen herunter – ein Bild des Jammers.

Großvaters Herz schmolz bei diesem Anblick bodenlosen Kummers. Er wandte sich an mich und sagte: «Warum sollen wir Raudi eigentlich nicht mit in die Stadt nehmen?

Die meisten Leute nehmen doch ihre Hunde mit.»

«Ach, lieber nicht, Großvater, er wird Gott weiß was anstellen.»

«Was soll er schon groß anstellen. Während der Fahrt haben wir ihn unter Aufsicht, und in Tahlequah stellen wir den Gig auf den Parkplatz und binden ihn an.»

«Großvater, ich würde Raudi liebend gern mitnehmen, ich habe nur Angst, daß ich ihn in der Stadt verliere.»

Raudi wußte genau, daß wir über ihn sprachen. Er stieß einen kläglichen Seufzer aus, schloß die Augen, rollte sich auf dem Sitz zusammen und hielt den Atem an. So sah es jedenfalls aus, denn ich konnte kein Fünkchen Leben mehr in ihm entdecken. Ich warf ratlos die Arme in die Höhe. «Also in Gottes Namen!» rief ich. «Komm schon mit! Obwohl ich sehr dagegen bin. Hoffentlich passiert nicht irgendwas Furchtbares!»

Großvater stieg in den Gig und griff nach den Zügeln: «Komm Junge, wir haben genug Zeit vertrödelt.»

Um die Mittagszeit erreichten wir Tahlequah. Kurz bevor wir in die Hauptstraße einbogen, sah ich zu meiner Rechten eine Reihe riesiger Gebäude. Sie standen auf einem kleinen Hügel, umgeben von einem großen, grünen Rasen, auf dem mehrere riesige, alte Eichen, Ahornbäume und Ulmen wuchsen. Im Schatten dieser herrlichen Bäume saßen oder lagen junge Menschen, manchmal allein, zumeist jedoch in Gruppen, fast jeder hielt ein Buch in der Hand. Ich dachte: «Diese Städter scheinen ja wirklich ganz scharf aufs Lesen zu sein.»

«Großvater», fragte ich, «was sind das für Häuser?»

«Sie sind der ganze Stolz der Irokesen. Es ist ihre Universität.»

«Und wer sind die Leute unter den Bäumen?»

«Studenten. Sie bereiten sich auf ihre nächsten Vorlesungen vor. Die Hörsäle befinden sich in den Gebäuden.»

«Kein übler Platz für eine Schule», bemerkte ich anerkennend. «Statt in den muffigen Klassenzimmern zu büffeln, kann man im Freien lernen. Das tät mir schon gefallen.»

«Ich hoffe, ich erlebe noch den Tag, wo du hier studieren wirst. Würde dir das Spaß machen?»

«Ich glaub schon, Großvater.»

Einige Minuten später kamen wir an eine Brücke, die über einen schmalen Fluß führte. Auf einem Schild stand «Bären-Fluß».

Großvater sagte: «Das ist die Hauptstraße. Tahlequah wird dir gefallen, es ist die Kreishauptstadt der Irokesen.»

Noch nie hatte ich so viele Häuser auf einem Haufen gesehen, manche waren groß, manche klein und manche so hoch, daß mir ganz schwindlig wurde bei ihrem Anblick. Sie säumten rechts und links die Straße und standen so dicht beieinander, als hätte man sie zusammengeklebt.

Und es wimmelte nur so von Menschen. Einige schienen es eilig zu haben, andere schlenderten gemächlich dahin, noch andere verschwanden in den Läden und kamen mit Paketen beladen wieder heraus, Kinder lärmten und lachten.

Ich war so tief versunken in diese neue, bunte Welt, daß ich wie aus einem Traum hochfuhr, als ich Großvaters Stimme hörte. «So, hier sind wir», sagte er befriedigt. «Das ist Enbanks Hotel. Ich bestell uns jetzt ein Zimmer, am besten mit Vollpension, und den Gig können wir auf dem Hof hier lassen.»

Großvater bog von der Hauptstraße ab und fuhr unter einem hohen Torbogen durch. Nach hundert Metern kamen wir an einen Stall, der größer war, als alle Ställe, die ich bislang gesehen hatte.

Großvater hielt vor einer leeren Box und kletterte unter Ächzen und Stöhnen von seinem Sitz.

«Großvater», sagte ich, «mir wäre sehr viel wohler zumute, wenn ich Raudi irgendwo anbinden könnte.»

Großvater griff unter den Sitz und förderte einen fest geflochtenen Strick zutage, den er mir gab. «Gute Idee», meinte er lächelnd.

Ich knotete ein Ende in Raudis Halsband, sprang vom Gig und befestigte das andere Ende an einer Radspeiche. Raudi fing prompt an zu winseln und zu jaulen. Nichts haßte er mehr, als wenn man ihn seiner Bewegungsfreiheit beraubte. Ich gab ihm einen freundschaftlichen Klaps. «Ich weiß, es ist nicht nett von mir, dich hier anzubinden, aber ich kann es nun mal nicht ändern.»

«Wart einen Moment», sagte Großvater, «ich muß den Tieren erst mal Futter und Wasser geben. Anschließend laß ich uns ein Zimmer reservieren, und dann gehen wir in die Stadt. Ich habe einige geschäftliche Dinge zu erledigen.»

«Und wann gehen wir in die Bibliothek, Großvater?»

«Morgen früh, gleich nach dem Frühstück. Ich will gegen Mittag wieder losfahren, damit wir noch vor Einbruch der Dunkelheit zu Hause sind.»

In diesem Augenblick kam der Aufseher und schüttelte Großvater die Hand. Sie sprachen eine Weile miteinander, dann blickte der Aufseher in meine Richtung. «Ist das dein Hund?» fragte er freundlich.

Ich nickte.

«Ist er bissig?»

«O nein», erwiderte ich lachend, «er ist der gutmütigste Hund der Welt.»

«Na, dann kannst du ihn in der Geschirrkammer lassen, und ich werde dafür sorgen, daß er was zu fressen kriegt.»

«Vielen Dank», sagte ich erleichtert. «Dort ist er natürlich viel besser aufgehoben als hier.» Ich nahm ein wenig Stroh aus dem Stall mit und machte Raudi ein gemütliches Lager zurecht. Sehr begeistert war er nicht über die Lösung, aber er begriff, daß sie von zwei Möglichkeiten noch die bessere war.

Mit einem letzten mitleidigen Blick auf ihn schloß ich die Tür. «Komm», sagte Großvater, «jetzt sehen wir uns die Stadt an.»

Wir brauchten fast den ganzen Nachmittag, um uns alles genau anzusehen. Nie hätte ich gedacht, daß eine Stadt so interessant sein kann, und daß man vom Pflastertreten so hungrig wird.

«Gleich bekommst du was zu essen», versprach Großvater, «aber zuerst wollen wir die Ponies und Raudi füttern.»

Im Speisesaal stand ein langer Tisch, an dem die Gäste wie eine große Familie saßen. Ich schlang heißhungrig alles Erreichbare in mich hinein. Es muß sehr viel gewesen sein, denn alle ringsum grinsten. Zum Schluß war ich so genudelt, daß ich kaum die Treppe hoch kam.

Das Zimmer lag im ersten Stock. Ich plumpste ins Bett, schwer wie ein Mühlstein, und fiel sofort in einen tiefen, traumlosen Schlaf.

Die Sonne stand schon hoch am Himmel, als ich aufwachte. Durch das offene Fenster drang Stimmengewirr, das Quietschen von Wagenrädern und das Klappern von Pferdehufen hinein. Ich blickte mich suchend nach Großvater um. Er war nicht da. Ich bekam einen Riesenschrekken! Vielleicht war er allein nach Hause gefahren? Aber nein, das würde Großvater nie tun. Ich sprang aus dem Bett, fuhr in meine Kleider und sauste polternd die Treppe hinunter.

Eine Tür öffnete sich, und eine mollige, freundlich aussehende Frau steckte ihren Kopf heraus. «Bist du Jeremy?»

«Ja, bin ich.»

«Ich heiße Jenny», stellte sie sich vor. «Dein Großvater erwartet dich nach dem Frühstück bei der Remise. Komm rein und setz dich, ich mach dir eine heiße Schokolade.»

Jenny deckte den Frühstückstisch, und meine Augen wurden größer und größer. Sie fuhr einen ganzen Lebensmittelladen auf: Schinken, Eier, Bratkartoffeln, Brötchen, Butter und Erdbeermarmelade. «Du meine Güte», sagte ich, «wenn ich länger hierbliebe, wär ich bald so fett wie die ‹Feiste Anna›!»

«Und wer ist die Feiste Anna?»

«Unsere Sau», erläuterte ich mit vollem Mund.

Ich aß den Tisch ratzeputz leer, dann bedankte ich mich bei Jenny und lief zur Remise. Großvater hatte die Ponies schon angeschirrt. Raudi war an der Radspeiche festgebunden und führte bei meinem Anblick einen wahren Freudentanz auf.

«Na, endlich», begrüßte Großvater mich schmunzelnd, «ich dachte schon, du findest nie mehr aus dem Bett.»

«Wieviel Uhr ist es denn?» fragte ich, während ich Raudi am Kopf kraulte.

«Fast zehn. Höchste Zeit, in die Bibliothek zu fahren.»

Als wir auf die Hauptstraße kamen, fragte ich Großvater, ob er denn wüßte, wo die Bibliothek sei.

«Natürlich», sagte er. «Ich war zwar noch nie dort, aber ich weiß genau, wo sie liegt.»

Wir kutschierten durch die halbe Stadt, und ich dachte schon, Großvater wüßte den Weg zur Bibliothek vielleicht doch nicht so genau, aber dann bog er plötzlich rechts ab. «Da», sagte er und wies auf einen klotzigen roten Ziegelbau, «das ist sie, die Carnegie-Bibliothek.»

Auch sie stand – wie die Universität – inmitten einer großen, grünen Rasenfläche und war von riesigen alten Bäumen umgeben. Eine hohe Sandsteintreppe führte zu einem Portal mit zwei mächtigen Marmorsäulen.

Großvater fuhr um das Gebäude herum. Unter einer hohen Eiche hielt er an und band die Ponies am Stamm fest.

Raudi sprang heraus und erforschte schwanzwedelnd den Rasen.

«Ich glaube, ich binde ihn besser an, Großvater, meinst du nicht auch?»

Großvater warf einen Blick auf Raudi und sagte: «Nein, ich glaube, das ist nicht nötig. Er bleibt bestimmt in der Nähe der Ponies.»

«Außer er sieht einen Kater, dann können wir ihn in Arkansas suchen.»

Großvater lachte. «Ich kann mir nicht vorstellen, daß es viele Katzen in der Bibliothek gibt. Die sind eher an Mäusen als an Büchern interessiert.»

Großvater und ich gingen zum Hauptportal. Als wir die Stufen hinaufstiegen, kam Raudi mit Karacho um die Ecke geflitzt und schoß pfeilgerade auf die Tür zu. Im letzten Moment erwischte ich ihn noch am Halsband. «Halt, alter Gauner. Das geht nun wirklich nicht. Du mußt schon draußen warten. Es wird nicht lange dauern, das heißt – hoffentlich.»

Ich zerrte ihn zu einer der Marmorsäulen. «Platz», befahl ich, «hier bleibst du!» Er sah mich vorwurfsvoll an, streckte dann aber gehorsam alle Viere von sich.

Großvater und ich nahmen unsere Mützen ab und gingen in die Bibliothek. Wir kamen in einen großen Saal, wo ungefähr zwanzig Jungen und Mädchen saßen – alle mit einem Buch in der Hand. Sie hoben die Köpfe, als wir eintraten und musterten uns von oben bis unten, doch nur einen Augenblick lang, dann beugten sie sich wieder über ihre Bücher. In der tiefen Stille raschelten die Seiten beim Umblättern so laut wie hundert Mäuse in einem Maisspeicher.

Rechts von uns stand ein U-förmiges Pult, hinter dem eine kleine, grauhaarige Dame mit einer Stahlbrille stand. In der einen Hand hielt sie einen Bleistift, in der anderen ein Heft. Sie staunte sichtlich, als sie uns sah.

Großvater legte beide Hände aufs Pult, räusperte sich und sagte mit tiefer Stimme: «Wir möchten ein Buch, in dem steht, wie man Affen fängt.»

Die kleine, grauhaarige Dame sah Großvater entgeistert an, dann lehnte sie sich vor und stieß ein langgezogenes «Schschsch!» aus.

Großvater ließ vor Schreck seine Mütze fallen. Er trat einen Schritt zurück, wobei er mich fast umgestoßen hätte. «Warum zischen Sie mich so an?» fragte er mit lauter Stimme.

Die kleine Dame wies wortlos auf ein Schild, auf dem stand: «Man bittet, die Kinder beim Lernen nicht zu stören.»

Großvater bekam einen roten Kopf, ging auf Zehenspitzen ganz dicht ans Pult heran und flüsterte kaum hörbar: «Entschuldigen Sie, aber ich bin zum erstenmal hier.»

Die kleine Dame lächelte verständnisvoll. «Habe ich Sie richtig verstanden?» wisperte sie zurück. «Sie möchten ein Buch, in dem steht, wie man Affen fängt?»

«Ja, bitte», flüsterte Großvater bestätigend.

Die kleine Dame zog die Stirn in Falten und starrte den Fußboden an, als erwarte sie von dort die Erleuchtung. Dann schien sie plötzlich eine Idee zu haben, sie lächelte uns an, trippelte zu einem hohen Blechschrank und zog eine Schublade heraus, in der unendlich viele gelbe Karten aufgereiht hintereinander standen.

Sie zog eine der Karten aus dem Kasten und sagte mit leiser Stimme: «Setzen Sie sich mit dem Jungen an einen der Tische. Ich glaube, ich habe genau das gefunden, was Sie brauchen, ich bin gleich zurück.»

Großvater und ich bedankten uns flüsternd und gingen, so leise wir konnten, zu einem der Tische. Noch nie war ich an einem so stillen Ort gewesen. Ein zu Boden fallendes Streichholz hätte wie ein Kanonenschuß gewirkt.

Ich sah mich um, und wo ich hinsah, standen Bücher und abermals Bücher. Daisy wäre hier im siebenten Himmel gewesen, sie war ganz verrückt nach Büchern.

Mir dagegen war gar nicht wohl zumute. Die Stille und die Blicke der Jungen und Mädchen fielen mir allmählich auf die Nerven. Ich kam mir vor wie ein Tier im Käfig.

Endlich kam die kleine Dame an unseren Tisch. Sie hielt ein Buch in der Hand, das sie Großvater gab. «Ich hoffe», tuschelte sie, «daß Sie in dem Buch finden, was Sie suchen.»

Großvater dankte im Flüsterton, die kleine Dame trippelte an ihren Arbeitsplatz zurück. Großvater und ich beugten uns über das Buch. Sein Titel lautete: «Die Affen-Fallensteller im Dschungel von Borneo.»

«Genau das, was wir suchen, Großvater», wisperte ich aufgeregt.

Großvater schlug feierlich das Inhaltsverzeichnis auf. Ich wagte vor Ehrfurcht fast nicht zu atmen. Und dann geschah es – ein markerschütterndes Gebell zerriß die Stille; es hallte von den Wänden wider und dröhnte in den Ohren, die Bücher zitterten auf den Regalen, die Kinder sprangen auf und brüllten vor Lachen. Raudi kam in den Saal gefegt und sauste zwischen Tisch- und Stuhlbeinen jaulend und wedelnd auf mich zu.

Die kleine Dame schoß wie eine Pistolenkugel hinter ihrem Pult hervor, stemmte die Arme in die Hüften und stellte sich vor Raudi hin. Raudi hüpfte begeistert an der neuen Freundin hoch, voll Stolz über seine Heldentat. Ich ergriff ihn am Halsband, hochrot im Gesicht, und wartete auf das unvermeidliche Donnerwetter.

«Ist das dein Hund?»

«Ja», sagte ich und hob zaghaft den Blick. Zu meinem Erstaunen lächelte sie.

«Ich arbeite schon seit vielen Jahren hier», sagte sie, «aber es ist das erstemal, daß ein Hund mich mit seinem Besuch beehrt, und ich weiß diese Ehre zu schätzen.»

Meine Worte überschlugen sich vor Aufregung und Erleichterung. «Es ist alles meine Schuld, ich hätte ihn anbinden sollen, er wartet nicht gerne, ich . . . es tut mir leid.»

Die kleine Dame lächelte noch immer. «Ich möchte dich etwas fragen», sagte sie. «Warum will der alte Mann ein Buch über das Fangen von Affen lesen?»

«Er ist mein Großvater. Seit Wochen versuche ich, einen Haufen Affen zu fangen, aber bisher ohne Erfolg. Und da ist Großvater auf die Idee gekommen, hier in der Bibliothek nachzusehen, ob wir nicht ein Buch finden, aus dem wir lernen können, wie man Affen fängt.»

Die kleine Dame sah mich verständnislos an. «Wo, um Himmels willen, hast du versucht, Affen zu fangen?«

«Am Fluß, in der Nähe unserer Farm. Sie gehören einem Zirkus, und nach einem Unfall sind sie weggelaufen.»

«Richtig, jetzt erinnere ich mich, ich habe davon in der Zeitung gelesen.»

«Entschuldigen Sie Raudis Benehmen, bitte», sagte ich. «Ich werde ihn am Gig anbinden.»

«Ja, das ist wohl das beste», meinte sie mit einem Blick auf die lärmenden Jungen und Mädchen. «Und ich werde inzwischen versuchen, wieder etwas Zucht und Ordnung in diese Rasselbande zu bringen.»

Ich ging mit Raudi zum Wagen, ließ ihn hineinspringen und band ihn am Sitz fest. Dann hielt ich ihm eine Standpauke. Als ich mitten im schönsten Schimpfen war, sah ich, wie Großvater eilig auf uns zusteuerte. Er grinste von einem Ohr zum anderen.

«Ich weiß jetzt alles», rief er mir schon von weitem zu. «Ich hätte wirklich selbst drauf kommen können. Aber diesmal gehe ich jede Wette ein, daß wir die Affen fangen.»

«Wie denn, sag doch», drängte ich ganz aufgeregt.

«Erzähl ich dir auf dem Nachhauseweg. Zuerst muß ich in die Stadt, ich habe dort noch etwas Wichtiges zu erledigen.»

11

«Was hast du denn noch zu erledigen?» fragte ich und plumpste neben ihn auf den Sitz.

«Ich will Kokosnüsse kaufen», sagte Großvater.

«Kokosnüsse? Mein Gott, Großvater, wozu um alles in der Welt brauchst du Kokosnüsse?»

«Als Affenköder. Nichts essen Affen lieber als Kokosnüsse.»

Mir lagen noch tausend Fragen auf der Zunge, doch bevor ich den Mund aufmachen konnte, hielt Großvater schon vor einem großen Gebäude.

«Das ist Wiler», erklärte Großvater, «der größte Laden in Tahlequah. Hier bekommst du alles, angefangen von Kautabak bis zu einer Equipage.»

Großvater band die Ponies an einen Pfosten. Ich blickte zu Raudi hinunter. «Raudi», sagte ich mit erhobenem Zeigefinger, «du wartest hier auf uns, verstanden? Und wenn du brav gewesen bist, bekommst du auch ein Stück Kandiszucker.» Er sah mich an, als hätte er soeben sein Todesurteil vernommen, rollte sich dann aber schicksalsergeben auf dem Sitz zusammen.

Bis dahin hatte ich immer geglaubt, Großvaters Laden sei der größte im ganzen Irokesenland, aber verglichen mit Wiler war er ein Hühnerkorb. Ein Verkäufer, der fast so alt war wie Großvater, trat auf ihn zu und fragte nach seinen Wünschen.

«Haben Sie Kokosnüsse auf Lager?»

Der Verkäufer lächelte. «Sie haben Glück. Eben haben wir eine ganze Ladung reinbekommen, sie sind noch nicht mal ausgepackt. Wie viele möchten Sie denn?»

Großvater runzelte die Stirn und murmelte etwas Unverständliches vor sich hin. «Ich nehme sie alle», sagte er schließlich von oben herab.

«Wie bitte?» fragte der Verkäufer verdutzt.

«Ja, Ja», bestätigte Großvater, «Sie haben schon richtig gehört, ich nehme alle.»

«Sie müssen Kokosnüsse aber sehr gern essen», stotterte der Verkäufer.

«Ich könnte mich von Kokosnüssen ernähren», erwiderte Großvater und verzog keine Miene dabei. «Sie sind mein Leib- und Magengericht.»

Ich wäre fast geplatzt vor unterdrücktem Lachen.

Dann hörte ich ein vernehmbares Kichern hinter mir. Ich drehte mich um, und dort, an einem Ladentisch, vollgepackt mit Süßigkeiten, stand eine Verkäuferin. Sie konnte kaum älter sein als ich. Unsere Blicke trafen sich, und mir stockte das Herz. Nie hätte ich gedacht, daß Mädchen so hübsch sein können. Ihr langes Haar hatte die Farbe von Platanen nach dem ersten Frost, sie trug es offen, zurückgebunden mit einer roten Schleife. Auf einer Wange hatte sie ein Grübchen. Ihre Augen schienen mir mal blau, mal grün. Ich konnte mich für keine Farbe entscheiden.

Beim Anblick ihrer Schleife fielen mir Daisys Bänder ein. «O je! Großvater», rief ich erschrocken, «fast hätte ich vergessen, Daisy die Bänder mitzubringen, um die sie mich gebeten hat.»

«Ein Glück, daß sie dir noch eingefallen sind», sagte

Großvater. «Mit Daisy ist nicht gut Kirschen essen, wenn man ihre Aufträge vergißt.»

Ich ging zu dem hübschen Mädchen rüber. «Arbeiten Sie hier?»

Sie nickte wortlos und lächelte mich an.

«Ich möchte zwei Rollen Band, einmal blau, einmal rosa, bitte.»

Das Mädchen ging zu einem anderen Ladentisch, ich folgte ihr, und während sie das Band einwickelte, sah ich durch die Glasplatte des Tisches ein Tablett, auf dem verschiedene Fingerhüte lagen, die einen gold, die anderen silbern.

Ich fragte das Mädchen nach dem Preis.

«Fünfzig Cent pro Stück», hauchte sie.

«Ich nehme einen von den Goldenen.»

«Welche Größe?» fragte sie.

«Gibt es denn Fingerhüte in verschiedenen Größen?»

Sie lachte. «O ja, klein, mittel und groß.»

«Ich will einen für Mutter, aber ihre Größe weiß ich nicht.»

Das Mädchen hielt ihre Hand in die Höhe. «Hat deine Mutter eine größere Hand als ich?»

«Ich – ich weiß nicht, vielleicht . . .», stotterte ich.

Sie hielt mir ihre Hand hin. «Vielleicht kannst du es besser beurteilen, wenn du meine Hand hältst.»

Ich wurde puterrot und trat einen Schritt zurück. «Ich kann doch hier nicht Händchen halten», rief ich empört.

«Warum nicht? Hast du es noch nie probiert?» fragte sie augenzwinkernd.

«Nein! Und ich will es auch nicht probieren.»

Sie lachte hell. «Ich denke, die mittlere Größe ist richtig für deine Mutter.»

«Na, dann gib einen her», brummte ich.

Das Mädchen legte den Fingerhut in ein winziges Schächtelchen. «Noch was?»

«Ja, 'ne Tüte Drops», sagte ich kurzangebunden und verstaute die Schachtel in meiner Hosentasche. Dabei fiel mein Blick auf eine schneeweiße, mit Schnörkeln verzierte Rasierschale. Vaters Schale hatte schon seit langem einen Sprung, und ich wußte, er würde sich über eine neue höllisch freuen.

«Wieviel kostet das Ding?» fragte ich und wies mit dem Zeigefinger auf die Schale.

«Sie ist nicht billig, ein Dollar fünfundzwanzig Cent.»

Das war allerdings ein Schlag. Es war der Rest meines Barvermögens.

«Pack sie ein», knurrte ich und gab ihr das Geld.

«Ich heiße Patricia», flötete sie mit einem Augenaufschlag, daß mir ganz angst und bange wurde. «Aber meine Freunde nennen mich Patty», fügte sie hinzu. «Und wie heißt du?»

«Jeremy.»

«Was für ein niedlicher Name», rief sie und fing an zu kichern, «und wo wohnst du?»

«Auf 'ner Farm.»

«Und hast du schon eine Freundin?»

«Nein!» fauchte ich wütend, «und ich will auch keine haben.»

Sie krümmte sich vor Lachen. «Blöde Ziege», dachte ich und zog mit meinem Päckchen ab. Großvater zahlte gerade seine Kokosnüsse als ich herankam.

«Na, was hast du denn alles gekauft?»

Ich zählte ihm meine Geschenke auf und lief voran, um ihm die Tür zu öffnen. Der Verkäufer sagte beflissen: «Ich hoffe, der Vorrat wird eine Weile reichen.»

«Da bin ich gar nicht so sicher», meinte Großvater, «bestellen Sie am besten gleich noch eine Kiste für mich.»

«Aber . . .» stotterte der Verkäufer, «das kann doch nicht ihr Ernst sein?»

«Es ist mein voller Ernst», erwiderte Großvater schmunzelnd, «ich esse nun mal gern Kokosnüsse.»

Hinter mir hörte ich lautes Kichern, natürlich war es wieder Patricia. Ich warf ihr einen vernichtenden Blick zu, doch statt sich in Grund und Boden zu schämen, rief die blöde Gans laut: «Bye-Bye!» durch den ganzen Laden und winkte mir zu. Ich stürzte ins Freie, hochrot im Gesicht, und lief zum Wagen. «Großer Gott!» dachte ich. «Wenn alle Mädchen so sind, will ich nie mit einer zu tun haben.»

Großvater stellte den Korb mit den Kokosnüssen in den Wagen. «Leg dein Päckchen mit dem Band und dem Fingerhut in den Korb», sagte er, «aber die Rasierschale behältst du lieber in der Hand. Sonst geht sie bei der holprigen Straße noch zu Bruch.»

«Nun sag schon, Großvater, wie fangen wir nun die Affen?» fragte ich ihn.

«Jetzt, wo wir die Kokosnüsse haben, ist der Rest ganz einfach», meinte Großvater. «Wir müssen uns nur noch eine Rolle Drahtgeflecht, ein Vorhängeschloß und eine feste Schnur besorgen, und das alles habe ich im Laden.»

«Was willst du denn mit dem ganzen Zeug?»

«Aus dem Drahtgeflecht werden wir einen Käfig bauen – mit einem Draht und einer Tür. An der Tür befestigen wir die Schnur, die unter dem Käfig entlang bis zu unserem Versteck läuft. In der Mitte des Käfigs legen wir die Kokosnüsse, und sobald die Affen sich über die Nüsse hermachen, ziehen wir die Tür zu und hängen das Schloß vor. Nun, was hältst du von dem Plan?»

Bevor ich Großvater antwortete, schloß ich die Augen, um mir den ganzen Mechanismus genau vorzustellen. Ich konnte keinen Fehler entdecken. «Großartig!» rief ich begeistert. «Diesmal kriegen wir sie bestimmt. Hast du das alles in dem Buch gelesen?»

«Ja. Das Buch handelt von einem Mann und einer Frau, die in Borneo im Dschungel lebten und Affen für Zirkus und Zoo fingen. Und das machten sie immer auf die gleiche Art – sie bauten einen Käfig, wie ich ihn dir eben beschrieben habe, und benutzten Kokosnüsse als Köder. Offenbar hat es prima geklappt, denn sie kehrten als reiche Leute zurück. Und wenn sie so erfolgreich waren, warum dann nicht auch wir?»

Als wir zum Fluß kamen, hielt Großvater an.

Ich sagte: «Großvater, meine Kehle ist so trocken, daß ich einen ganzen Teich austrinken könnte. Hast du nicht auch Lust auf einen Schluck eiskaltes Wasser?»

«Und wie», sagte Großvater. «Mir klebt die Zunge nur so am Gaumen. Aber wo finden wir hier Wasser?»

«Ich kenne eine Quelle, ganz in der Nähe, ich zeige sie dir.»

Großvater fuhr an den Straßenrand und hielt unter einem hohen Eukalyptusbaum. Er verknotete die Zügel am Stamm und meinte: «Für frisches Quellwasser bin ich sogar bereit, einen Kilometer weit zu gehen.»

«Das brauchst du zum Glück nicht, Großvater», beruhigte ich ihn. «Hier, komm, wir müssen nur ein kleines Stück diesem Wildpfad folgen.»

Raudi lief uns voran, blieb aber alle zwei Meter stehen und beäugte schnuppernd die Baumkronen.

«Er sucht die Affen», sagte ich grinsend.

«Die würde ich auch gern sehen. Vor allem den 200-Dollar-Affen. Meinst du, er ist irgendwo hier in der Nähe?»

«Ganz bestimmt. Aber der läßt sich nur blicken, wenn es ihm in den Kram paßt. Vermutlich hockt er auf einer der Platanen und beobachtet uns, der schlaue Halunke.»

«Er mag schlau sein, wie er will, er wird uns trotzdem auf

den Leim gehen. In dem Buch stand, kein Affe kann Kokosnüssen widerstehen, und an die kommt er nur ran wenn er in den Käfig geht. Und sobald er das tut, hilft ihm seine ganze Schlauheit nichts mehr.»

Großvater kam richtig in Fahrt. Die Affen schienen ihm wirklich zuzusetzen. Bei der Quelle angekommen, legte ich mich auf den Bauch, Großvater tat es mir nach, allerdings unter ziemlichem Ächzen und Stöhnen. Wir tranken so gierig, als kämen wir geradewegs aus der Wüste.

Nachdem ich genug getrunken hatte, ließ ich mich hinterrücks ins frische Gras fallen. Großvater hievte sich unter erneutem Stöhnen auf die Knie. «So gutes Wasser habe ich schon lange nicht mehr getrunken», sagte er anerkennend und wischte sich mit dem Taschentuch das Kinn ab.

Plötzlich hörte ich die Ponies schnauben und stampfen und das Geschirr laut klirren.

Auch Großvater horchte auf. «Was ist los mit Dolly und Molly? Es klingt, als hätte irgend etwas sie erschreckt?»

«Vermutlich ein Wildschwein oder ein Reh, die gibt es hier nämlich haufenweise. Vielleicht haben wir eins von ihnen aufgescheucht, und es ist so dicht an den Ponies vorbeigerannt, daß sie Angst bekommen haben.»

Großvater stand auf. «Ja, das wird es wohl gewesen sein. Sie haben sich auch schon wieder beruhigt. Aber laß uns trotzdem zurückgehen, es wird schon spät.»

Raudi lief uns bellend voran. Als er zum Gig kam, schnüffelte er aufgeregt an den Rädern herum, jedes Haar seines Fells schien ihm einzeln zu Berge zu stehen.

«Schau dir das an, Großvater, Raudi muß irgendeine Witterung in die Nase bekommen haben.»

«Sieht mir auch ganz danach aus, aber wieso am Wagen? Das kommt mir doch etwas seltsam vor.»

«Nun, jedenfalls ist es kein Geruch, der ihm gefällt, er zittert direkt vor Wut – oder vor Jagdfieber.»

Großvater lief zum Gig und schaute hinein. «Mein Gott!» rief er. «Die Kokosnüsse sind weg! Der Korb ist leer!»

«Waaas?» schrie ich. «Wie ist das möglich?» Aber tatsächlich – keine einzige Kokosnuß lag mehr im Korb – dafür aber etwas anderes.

Großvater griff ärgerlich brummend nach dem Gegenstand und hob ihn in die Höhe. «Wenn mich nicht alles täuscht, ist es eine Hose», bemerkte er.

Ja, er hatte recht. Doch was für eine Hose! In meinem ganzen Leben hatte ich noch keinen so zerrissenen und schmutzigen Flicken am Hosenboden. «Heiliger Bimbam, Großvater!» rief ich. «Sie gehört mir! Es ist die Hose, die mir die Affen geklaut haben. Ich erkenne sie an dem Flicken wieder, den Mutter eingesetzt hat.»

Großvater warf sie naserümpfend ins Gebüsch. «I gitt! Nach dem Gestank zu urteilen, haben sie alle Affen der Reihe nach angehabt. Aber da ist noch mehr», fuhr Großvater fort und hielt angeekelt einen verdreckten, nassen Sack in die Höhe, wobei man ein Klirren hörte wie von Metall.

«Ich werd verrückt!» rief ich. «Das ist doch mein Sack mit den Fallen! Jetzt bin ich wirklich baff!»

Großvater ließ den Sack wieder in den Gig fallen. «Und erkennst du das auch wieder?» fragte er.

«Meine Schleuder! Ich habe sie an dem Tag verloren, als ich Jimbo eins auf den Pelz brannte.»

Großvater blickte suchend um sich. «Irgend jemand hält uns zum besten», brummte er. «Ich wette, es ist dein Vater.»

Ich schüttelte den Kopf. «Nein Großvater, ich wette, es sind die Affen.»

«Unsinn, Jeremy, deine Affen mögen zwar schlau sein, aber zu so was sind sie denn doch nicht fähig.»

Da kannte er die Affen schlecht. Suchend spähte ich ins dichte Laub der Bäume. Und dann sah ich etwas, was mich glatt umschmiß. Ich stand nur einfach da und glotzte, noch nie hatte ich so was Schönes gesehen. Die oberste Spitze einer Platane war übersät mit bunten Blüten. Zuerst konnte ich mir dieses Naturwunder nicht erklären, doch dann dämmerte es mir! Es waren Daisys Bänder die sich dort von Zweig zu Zweig rankten.

Und nun sah ich auch die Äffchen. Sie saßen ordentlich verteilt auf den Ästen. Ein jedes mit einer Kokosnuß in den Pfoten. Ihre putzigen Gesichter waren völlig ausdruckslos, nur ihre Knopfaugen verfolgten jede Bewegung von Großvater und mir. Die Bänder flatterten in der leichten Brise, das warme Licht der späten Sonne verlieh ihrem Blau und Rosa einen fast metallenen Glanz. Ich war so in diesen zauberhaften Anblick versunken, daß mir Großvaters Stimme wie aus weiter Ferne zu kommen schien.

«Jeremy! Was ist denn los mit dir? Ich habe dich schon zweimal gerufen.»

Ich wies mit dem Zeigefinger auf die Platane. «Hast du schon mal so etwas Hübsches gesehen?»

Großvater blickte in die Richtung, in die mein Finger wies, seine Hand tastete nach der Sitzlehne, als brauchte er eine Stütze. Er rieb sich die Augen, schüttelte den Kopf, nahm seine Mütze ab und schaute wieder in die Höhe. «Was in drei Teufels Namen soll denn das bedeuten?» fragte er mit belegter Stimme.

«Die Affen haben nicht nur unsere Kokosnüsse , sondern auch Daisys Bänder gestohlen und mit ihnen die Platane dekoriert. Sieht es nicht hübsch aus?»

Wir starrten beide wortlos auf die bunt geschmückte Platane. Und diesen Augenblick wählte Jimbo für seinen Auftritt. Er sprang auf einen dicken Ast, eine Kokosnuß in der Pfote, und sah sich um, als erwarte er Applaus.

«Himmel, Potz und Sakrament!» rief Großvater. «Was ist denn das?»

«Wenn ich bekannt machen darf», sagte ich lachend, «Das ist Jimbo, der Zweihundert-Dollar-Affe, und das, Jimbo, ist mein Großvater.»

«Mach keine albernen Witze», knurrte Großvater, «er sieht mir viel zu groß aus für einen Zirkusaffen.»

«Trotzdem ist es Jimbo, und er ist der klügste Affe der Welt.»

Jimbo schien zu merken, daß wir über ihn sprachen, und fing an, sich gewaltig aufzuspielen. Er schwenkte die Kokosnuß wie einen Siegespreis im Kreis, hopste auf seinem Ast herum und stieß tiefe Grunzlaute aus.

«Was, zum Teufel, bedeutet das?» fragte Großvater verblüfft.

«Er spricht mit dir», erklärte ich, «in seiner Affensprache.»

Aus dem Augenwinkel sah ich etwas davonflitzen. «Raudi!» rief ich. «Raudi, komm her!» Doch Raudi tat, als höre er nicht, er beschleunigte vielmehr noch sein Tempo und verschwand hinter der nächsten Biegung.

«Was ist denn in den Hund gefahren?» fragte Großvater.

«Er nimmt Reißaus. Mit Affen will er nichts mehr zu tun haben.»

Jimbo beobachtete Raudis Flucht und stieß gellende Schreie aus.

«Man könnte direkt meinen, er lacht uns aus», meinte Großvater verblüfft.

«Das tut er auch. Er weiß, er hat uns einen Streich gespielt, und das ist für ihn immer ein Mordsspaß. Wenn er nicht auf dem Baum säße, würde er vor Vergnügen noch ein paar Purzelbäume schlagen.»

Großvater murmelte etwas Unverständliches vor sich hin, bückte sich und hob einen Knüppel vom Boden auf.

«Was willst du mit dem Knüppel, Großvater?» fragte ich beunruhigt.

«Ich will ihn dem verdammten Biest an den Kopf werfen. Ich lasse mich höchst ungern auslachen, noch dazu von einem Affen.»

«Bitte tu es nicht, Großvater! Bitte, wirf nicht mit dem Knüppel nach ihm, er springt sofort vom Baum und reißt uns in Stücke.»

«Aber, aber, nun übertreib mal nicht so. Das würde er doch nie wagen.»

«Und ob, Großvater! Das weiß ich schließlich aus eigener Erfahrung. Wenn du ihn jetzt angreifst, hetzt er uns alle die kleinen Affen auf den Hals. Denk dran, wie sie Raudi und mich zugerichtet haben.»

Großvater murmelte etwas vor sich hin, ließ aber den Knüppel fallen, dann blickte er wieder in das Geäst der Platane. «Sie sind fort!» rief er laut. «Wo sind sie hin?»

Weiß der Himmel, Großvater hatte recht. Die Affen waren spurlos verschwunden. Ich war wie vor den Kopf geschlagen.

«Ja», sagte ich bedrückt, «allerdings, sie sind fort und mit ihnen die Kokosnüsse und der Traum vom großen Geld. Es ist wirklich zum Verzweifeln, nie werde ich diese Affen fangen, sie sind einfach zu schlau.»

«Diese verflixten Biester», brauste Großvater auf. «Aber wir werden sie erwischen, das schwör ich dir, und wenn ich ihnen Tag und Nacht auflauern muß.»

Mit einer zornigen ungeduldigen Bewegung löste er die Zügel vom Stamm.

«Aber wir haben doch keine Kokosnüsse mehr, um sie anzulocken», erinnerte ich, den Tränen nahe.

«Dann legen wir eben Äpfel in den Käfig, oder sonst irgendwas, von mir aus können wir meinen ganzen Laden plündern. Ganz egal, aber ich lasse mich nicht von einem Affen zum Narren halten.»

Schwer atmend kletterte er auf seinen Sitz, ich schwang mich neben ihn. Bevor er die Ponies antrieb, blickte er noch mal auf die mit Bändern behangene Platane. Und plötzlich überzog ein breites Grinsen sein Gesicht. «Also, wenn man sich's genau überlegt, dann haben uns die Affen nicht wirklich bestohlen. Sie haben einen Handel mit uns abgeschlossen – Kokosnüsse gegen eine alte Hose, einen Sack, sechs Fallen und eine Schleuder, im Grunde genommen ein ehrliches Tauschgeschäft.»

«Glaubst du mir nun, daß diese Affen sehr schlau sind?»

«Allerdings. Aber nicht schlau genug. Ich bin immer noch davon überzeugt, daß man jedes Tier fangen kann. Und du wirst sehen, daß ich recht behalte.»

Mutter, Vater, Daisy und Raudi standen vor dem Haus und warteten auf uns. «Ist was passiert?» fragte Vater. «Wir haben uns schon Sorgen gemacht, als Raudi hier allein auftauchte.»

Großvater blieb mit den Zügeln in der Hand im Wagen sitzen und sah Vater lange an. Schließlich sagte er gedehnt: «Ich hasse es zu lügen und tue es für gewöhnlich auch nicht. Aber wenn mir jetzt was Gutes einfiele, um mich aus dieser Sache herauszureden, würde ich es bedenkenlos tun. Die Geschichte klingt zu unwahrscheinlich, und ihr werdet sie mir nicht glauben. Ich glaube sie selbst kaum, obwohl ich alles mit eigenen Augen gesehen habe.»

Es dauerte eine Weile, bis Großvater mit seinem Bericht zu Ende war. Mein Vater lachte als erster. Er lachte so laut, daß die Hühner zu gackern anfingen und die Ponies scheuten. Er lachte, bis er sich nicht mehr auf den Beinen halten konnte und erschöpft auf die Verandastufen sank. Er lachte, bis ihm die Tränen die Backen herunterliefen, er lachte, bis auch Mutter zu lachen begann. Nur Daisy lachte nicht.

Sie stand unbeweglich da, mit eisiger Miene, und verzog nicht mal den Mund.

Großvater blickte auf sie und dann auf mich. Es war nicht zu erraten, was er dachte. «Gib mir einige Tage Zeit, und danach bauen wir den Käfig», sagte er brüsk, verabschiedete sich, und trieb mit einem Peitschenknall seine Ponies an. Der Gig fuhr davon, eingehüllt in einer Wolke von Staub.

12

In dieser Nacht, kurz nachdem ich ins Bett gegangen war, kam ein Sturm auf – und was für ein Sturm! Ein Donnerschlag riß mich aus tiefstem Schlaf. Ich dachte, die Welt ginge unter. Und dann krachte es wieder, ganz nah, grelle Blitze zuckten vor meinem Fenster, der Himmel dröhnte. Ich saß aufrecht im Bett, hellwach. Die Tür ging knarrend auf.

Es war Daisy. Sie fürchtete nichts mehr als Gewitter. «Jeremy», flüsterte sie, «kann ich bei dir bleiben, bis dieses schreckliche Unwetter vorbei ist? Ich habe gräßliche Angst.»

Ich hatte auch Angst, aber bevor ich das zugab, hätte ich mir eher die Zunge abgebissen. «Aber Daisy, vor dem bißchen Sturm hast du Angst? Das kann ich gar nicht verstehen.»

Sie setzte sich auf meine Bettkante. «Jeremy, es ist der schlimmste Sturm, den ich je erlebt habe. Er wird das ganze Land verwüsten. Und erst meine kleine Laube! Nichts wird von ihr übrigbleiben, und ich hatte sie so hübsch hergerichtet.»

Wir saßen einige Minuten schweigend da und lauschten. Die Blitze wurden stärker und heller, der Donner rollte drohend, Windböen fegten um die Hausecken, der Regen schlug so heftig gegen die Scheiben, daß ich dachte, sie würden zerspringen. Die Eichen vor unserem Haus stöhnten und ächzten.

Ich sprang aus dem Bett und lief zum Fenster. «O Gott, o Gott!» sagte ich laut.

Daisy sah besorgt zu mir rüber. «Was ist los, Jeremy? Ist dir nicht gut?»

«Doch, doch», erwiderte ich bedrückt, «aber mir wird ganz übel bei dem Gedanken an die Affen. Wenn sie bloß nicht umkommen bei diesem Sturm. Das hätte mir gerade noch gefehlt.»

«Da würde ich mir keine allzu großen Sorgen machen. Tiere fühlen instinktiv, wie sie sich vor einem Sturm am besten schützen.»

«Diese Affen, ständig geht alles schief. Gott, wie ich diese Bande hasse. Und trotzdem werde ich sie fangen. Aber dann will ich nie wieder im Leben einen Affen sehen. Nie wieder!»

Daisy kicherte. «Ich wette, Raudi teilt deine Gefühle.»

Gerade in diesem Augenblick zuckte ein greller Blitz über den Himmel. Ganz in der Nähe krachte es, als wären hundert Gewehre gleichzeitig losgegangen. Vermutlich hatte der Blitz einen großen Baum getroffen und ihn mittendurch gespalten.

Mein Zimmer war so hell, daß ich die Steppnähte auf meiner Daunendecke sehen konnte. Daisy stieß einen spitzen Schrei aus und rieb mit zitternden Händen ihr Bein.

«Was ist los, Daisy? Tut dir dein Bein weh?»

«Und wie», sagte sie. «Bei jedem Gewitter schmerzt es wie verrückt, manchmal muß ich richtig die Zähne zusammenbeißen, um nicht loszuheulen.»

Mein Herz zog sich zusammen vor Mitleid, ich hätte ihr gern geholfen, aber ich wußte nicht, wie. Ich konnte nicht mal eine kranke Katze behandeln, geschweige denn ein verkrüppeltes Bein. «Soll ich dir ein Einreibemittel aus der Hausapotheke holen?» fragte ich ratlos.

Daisy schüttelte den Kopf. «Nein, vielen Dank, Jeremy, früher hat mir das geholfen, aber jetzt nicht mehr. Seit einiger Zeit scheint kein Mittel mehr zu helfen.»

«Warum rufst du nicht Mutter, sie weiß immer einen Rat.»

«Nein, Jeremy, ich will nicht, daß Mutter weiß, daß ich solche Schmerzen habe. Sie hat genug um die Ohren.»

Draußen ließ der Sturm allmählich nach. Nur der Regen rauschte weiter herab, als hätte jemand im Himmel vergessen, die Schleusen zu schließen.

Daisy stand auf. «Ich glaube, das Schlimmste ist vorbei. Ich geh besser in mein Zimmer zurück und leg mich ins Bett. Vielleicht gibt dann mein blödes Bein auch wieder Ruhe.»

Am nächsten Morgen zündete Vater das Schmiedefeuer an und griff zum Hammer. Als Raudi diese Vorbereitungen sah, machte er sich schleunigst aus dem Staub. Sprühende Funken und dröhnende Hammerschläge waren absolut nicht sein Fall.

Eine halbe Stunde später guckte Daisy kurz durch die offene Tür und humpelte dann langsam zu ihrer Laube. Vor ihr her lief ein schwanzwedelnder Raudi. Daisy stubste ihn immer wieder mit dem Besen, was ihm ausnehmend zu gefallen schien. Er jaulte und wand sich und schnappte nach den Borsten.

Ich hörte auf, am Gebläse zu drehen, und auch Vater hielt in der Arbeit inne. Seine Blicke folgten Daisy. Er sagte kein Wort, aber man sah ihm seinen Kummer deutlich an.

Mit einem Seufzer griff er wieder zum Hammer und ließ ihn mit Wucht auf den Amboß sausen. «Es ist schon manchmal hart, ein armer Mann zu sein», meinte er unvermittelt.

«Mutter sagt, daß Daisys Bein immer schlimmer wird. Ist das wahr, Vater?»

Vater schlug wieder mit voller Kraft auf den Amboß ein. «Ja, leider ist es wahr. Und ich kann nichts für sie tun, jedenfalls nicht im Moment. Aber eines Tages schaffe ich es vielleicht doch. Solange ich lebe, werde ich diese Hoffnung nicht aufgeben.»

«Ist es denn wirklich so teuer? Ich weiß, daß die Großeltern auch Geld beiseite legen. Habt ihr denn nicht bald genug beisammen?»

«Nein, noch lange nicht. Obwohl wir seit Jahren mit jedem Cent geizen, haben wir nicht einmal die Hälfte von dem gespart, was die Operation kostet. Es ist . . .»

Ein gellender Schrei von Daisy unterbrach ihn mitten im Satz. «Vater! Mutter! Kommt! Kommt schnell!»

Mutter stürzte aus der Küche warf einen schnellen Blick in unsere Richtung und rannte wie gehetzt in Richtung Laube.

«Schnell Mutter! Schnell!»

«Was ist los Daisy?» rief Mutter außer sich.

Vater ließ den Hammer fallen. Er war aschfahl im Gesicht. Mit einem Griff schnappte er sich die Heugabel, die an der Wand lehnte, und war schon aus der Schmiede. «Eine Schlange!» rief er mir im Laufen zu.

Ein eisiger Schreck durchfuhr mich. Gegen den Biß der Diamantschlange gab es kein Mittel. Schon einmal hatte eine dieser großen Giftnattern, zusammengerollt und bösartig zischend, in Daisys Laube gelegen, und nur Vaters schnelles Eingreifen hatte damals das Schlimmste verhütet.

Ich holte Vater kurz vor dem Hoftor ein. Wir nahmen uns

nicht die Zeit, es zu öffnen, sondern sprangen einfach drüber weg. Dann rannten wir weiter, so schnell wir konnten.

Die ganze Zeit starrte ich auf Daisys Laube, und plötzlich hatte ich das seltsame Gefühl: «Hier stimmt was nicht!» Aber was stimmte nicht? Ich war völlig verwirrt. Doch dann fiel mein Blick auf Raudi. «Vater!» rief ich. «Es ist keine Schlange!»

«Woher weißt du das?»

«Sieh dir Raudi an! Wenn eine Schlange in der Nähe wäre, könntest du sein Gebell bis nach Arkansas hören. Nein, Vater, es ist bestimmt keine Schlange.»

Vater blieb stehen. «Ja, du hast recht», brachte er keuchend hervor. «Aber was ist es dann?»

«Weiß ich auch nicht. Wir werden's ja sehen.»

Als wir die Laube erreichten, standen Mutter, Daisy und Raudi stumm nebeneinander und starrten wie gelähmt auf den Boden.

Vater stützte sich schweratmend auf seine Heugabel. «Was ist los? Eine Schlange?»

Niemand antwortete. Die drei standen regungslos da.

«Was ist los?» wiederholte Vater mit lauter Stimme.

Daisy zeigte mit dem Finger auf den Boden. «Schau, Vater, ein Feenring.»

«Ein was?» fragte Vater ungeduldig.

«Ein Feenring», wisperte Daisy.

Und nun sah auch ich ihn – einen schneeweißen Kreis von Pilzen. Sie waren alle gleich hoch und standen in regelmäßigen Abständen von ungefähr zwanzig Zentimetern voneinander entfernt. Das Ganze war einfach irrsinnig schön und irgendwie unwirklich.

Ich hatte schon oft von Feenringen gehört, sie waren sehr selten, und nur wenige bekamen sie je zu Gesicht. Es gab eine alte Legende über sie, die mir aber so rasch nicht einfiel. Ich stand nur da und guckte und guckte.

Ich sah zu Mutter rüber. Noch nie hatte ich einen so ehrfürchtigen Ausdruck auf ihrem Gesicht gesehen. In ihren Augen schimmerten Tränen. Sie kniete sich hin und berührte zart die kleinen Pilze.

«Ein Feenring», flüsterte sie. «Es ist ein Wunder, ein wahres Wunder.»

Ich weiß nicht mehr, ob es Sekunden oder Minuten dauerte, bis ich merkte, daß etwas anders war als sonst. Eine unheimliche Stille lag über den Hügeln. Kein Eichhörnchen quiekte, kein Vogel piepste, kein Laut war zu hören. Es war, als hätte die Natur ihre Stimme verloren.

Ich spitzte die Ohren und wartete auf irgendein Geräusch, doch nichts rührte sich, nicht das leiseste Rascheln eines Blatts war zu hören, nicht der leichteste Windhauch zu spüren. Ein unheimliches Schweigen war um uns.

«Gibt es nicht eine Legende über die Feenringe?» fragte Vater mit leiser Stimme. «Ich glaube, mich vage zu erinnern.»

«O ja, Vater», erwiderte Daisy eifrig. «Es gibt eine Legende, und sie ist viele, viele hundert Jahre alt – und ich glaube an sie.»

«Erzähl sie uns, Daisy.»

«Es ist eine sehr schöne Legende», begann Daisy mit verträumter Stimme. «Die schönste, die ich kenne. Man sagt, die Ringe seien von den Waldfeen gemacht, damit sie einen Platz zum Tanzen haben. Einige sitzen auf den Pilzen und klatschen in die Hände, während die anderen sich im Reigen drehen.

Normalerweise können Menschen die Feenkreise nicht sehen, aber manchmal, wenn eine Fee einem Menschen helfen will, zeigt sie ihm einen. Und wenn der Glückliche dann in der Mitte des Kreises niederkniet und einen Wunsch äußert, wird er ihm erfüllt. Und es heißt auch, daß ein Mensch, der einen Feenkreis gesehen hat, das niemals vergessen kann, und sein Leben lang nach einem zweiten sucht. Doch er wird keinen mehr finden, weil es den Feen nicht gestattet ist, einem Menschen mehr als einmal zu helfen.»

Ich sah Daisy an. Sie lehnte auf ihrer Krücke und starrte in den Feenkreis. Zwei Tränen liefen ihr über die Wangen.

Und wieder fiel mir die seltsame Stille auf. Ich schaute nach oben, und dort, auf dem Ast einer Eiche, saß ein Eichhörnchen, mucksmäuschenstill und reglos wie ein Stein. Nicht mal sein buschiger Schweif wippte, was besonders ungewöhnlich war.

Vater mußte die Stille auch aufgefallen sein, ich merkte es an der Art, wie er um sich blickte.

Die Lautlosigkeit konnte ich einfach nicht länger ertragen.

«Puh! Ist das still hier, warum sagt denn keiner was?»

Vater lächelte, und mir kam es so vor, als sei er froh, daß jemand das Schweigen endlich gebrochen hatte. Er blickte in die Runde. «Nun», sagte er, «mir scheint, jemand von uns steht ein Wunsch frei. Wer macht den Anfang?»

«Daisy», sagte Mutter. «Sie hat den Feenkreis entdeckt.»

«Nein, Mutter, du sollst die erste sein!» rief Daisy.

Ich zappelte innerlich vor Ungeduld. Ich wußte genau, was ich mir wünschen würde. Ich würde die Feen darum bitten, daß ich die Affen finge und mein Pony und mein Gewehr bekäme. Und wenn an der Legende wirklich was dran war, dann würde der größte Wunsch meines Lebens auch in Erfüllung gehen.

«Nun, Daisy, mach schon!» drängte ich.

Daisy lächelte. «Also gut», gab sie nach und trat in den Feenkreis.

Sie schloß die Augen. «Was wünsch ich mir? Was

wünsch ich mir bloß?» murmelte sie kaum hörbar. «Oh, ich weiß!» rief sie und warf mir dabei einen strahlenden Blick zu. Ihre Augen glänzten. Sie lächelte mich ganz lieb an und kniete sich hin.

Neben ihr lag die Krücke. Ich starrte auf meine kleine Schwester, und plötzlich wußte ich, daß ich einen *noch* größeren Wunsch hatte als ein Pony und ein Gewehr. Ich wollte, daß Daisy gesund würde! Ja, das sollte mein Wunsch sein!

Nach diesem Entschluß spürte ich ein seltsames Gefühl in mir aufsteigen, ganz warm wurde mir dabei. Ich sah Vater und Mutter an, ein unendlich zärtlicher Ausdruck lag auf ihren Gesichtern. Ich hätte jede Wette eingehen können, daß sie sich das gleiche wünschen würden wie ich.

Mutter und Vater versuchten, mich zu überreden, als nächster in den Feenkreis zu treten, aber ich schüttelte nur stumm den Kopf. Ich wollte der letzte sein.

Ich hatte mir schon oft etwas im Leben gewünscht – tausenderlei. Doch noch nie so von ganzem Herzen wie an jenem Morgen, als ich in der Mitte des Feenkreises kniete.

«Ihr dürft niemand sagen, was ihr euch gewünscht habt», warnte Daisy uns. «Sonst geht euer Wunsch nicht in Erfüllung.»

Vater meinte: «Ich kann nur hoffen, daß die Feen uns wohlgesonnen sind. So, und jetzt muß ich wieder an die Arbeit. Komm Jeremy, wir haben noch viel zu tun.»

Während Vater und ich arbeiteten, gingen mir ständig die Wünsche im Kopf herum.

«Vater, meinst du, unsere Wünsche gehen in Erfüllung?»

Vater ließ sich mit der Antwort Zeit. Schließlich sagte er nachdenklich: «Diese Frage ist schwer zu beantworten, mein Sohn. Ich persönlich glaube, daß Wünsche in Erfüllung gehen, aber man muß selbst etwas dazu tun. Das Leben ist nicht so einfach, daß man bloß einen Wunsch zu äußern braucht, und schon ist die Sache gelaufen.»

«Aber was *kann* man denn selbst dazu tun? Das verstehe ich nicht, Vater.»

«Oh, da gibt es viele Möglichkeiten: harte Arbeit, Geduld, Zielstrebigkeit und vor allem ein gerüttelt Maß an Optimismus und Selbstvertrauen.»

Ich nickte. «Ja, ich weiß, was du meinst. Ach, wenn doch unsere Wünsche in Erfüllung gingen, Vater! Es wäre zu schön.»

13

Wir saßen noch bei Tisch, als Vater fragte: «Wenn du die Affen findest, wirst du dann versuchen, sie zu fangen?»

«Nein, bestimmt nicht. Ich will nur schauen, ob ihnen auch nichts passiert ist. Danach geh ich zu Großvater, vielleicht hat er schon irgendwas Neues ausgeknobelt.»

Gleich nach dem Essen lief ich in den Hof und rief nach Raudi. «Komm, laß uns gehen, alter Junge.»

Der Sturm hatte in der Flußniederung bös gewütet. Raudi und ich mußten über umgestürzte Bäume und abgebrochene Äste steigen und durch Lachen waten.

«Raudi», sagte ich verzagt, «wie wollen zahme Affen bloß einen solchen Sturm überleben, ich fürchte, sie sind alle tot.»

Immer wieder blieb ich stehen und rief laut: «Jimbo! Wo bist du? Jimbo, komm her!»

Doch das einzige, was ich hörte, war das Echo meiner eigenen Stimme.

Zuerst regte ich mich nicht weiter auf, aber als ich nach meinem vierten Ruf noch immer keinen Affenschrei hörte, bekam ich es wirklich mit der Angst zu tun.

Raudi war mir auch keine Hilfe. Seine Pfoten rutschten auf den nassen Blättern aus. Bei jeder Biegung linste er furchtsam nach allen Seiten, seine Ohren standen kerzengerade in die Höhe, er war ganz Argwohn und Wachsamkeit.

Eine Weile liefen wir am Ufer entlang. Dann kehrte ich um und durchstreifte einen anderen Teil der Flußniederung. Ich rief und rief, doch nichts rührte sich. Meine Hoffnung sank bei jedem Schritt. Nach einiger Zeit konnte ich schon wieder unsere Felder sehen. Ich war völlig niedergeschlagen.

Entmutigt wie noch nie in meinem Leben, machte ich mich auf den Nachhauseweg.

Ich war erst ein paar Schritte gegangen, als irgendein seltsamer Laut an mein Ohr schlug. Ich blieb stehen und horchte, aber er wiederholte sich nicht. Ich hatte mich wohl geirrt. Ich sah Raudi fragend an.

«Hast du was gehört, Raudi?»

Wenn immer Raudi irgendein befremdendes Geräusch vernahm, teilte er mir das sofort auf seine Art mit: Er blieb stehen, spitzte die Ohren und wies mit der Schnauze in die Richtung, aus der das Geräusch kam.

«Hast du was gehört?» wiederholte ich.

Als Antwort blickte er mich nur traurig an und wedelte mitleidheischend mit seinem klatschnassen Schwanz.

Bedrückt setzte ich meinen Weg fort, aber schon nach drei Schritten blieb ich wieder stehen. Und diesmal hatte ich mich bestimmt nicht geirrt. Es war der gleiche Laut wie vorhin: eine Art Wimmern, als sei ein Tier in Not.

Jetzt spitzte auch Raudi die Ohren, dann drehte er den Kopf nach rechts und streckte die Schnauze in die Höhe, um Witterung aufzunehmen.

«Was war das, Raudi?» flüsterte ich. «Die Affen können es nicht sein. Es klang eher nach einem kleinen Tier, das sich verletzt hat. Komm, laß uns nachschauen, vielleicht können wir ihm helfen.»

Raudi trabte gehorsam in die Richtung, aus der das Gewimmer gekommen war. Während ich ihm folgte, lauschte ich gespannt. Einige Sekunden lang war es ganz still, aber dann hörte ich wieder den dünnen, kläglichen Schrei.

«Raudi», sagte ich leise, «irgendein armes Tier quält sich ganz fürchterlich. Vielleicht ist es ein kleiner Waschbär, dem ein umgestürzter Baum die Pfote zerquetscht hat.»

Raudi drang tiefer ins Gebüsch. Ich kroch, so schnell ich konnte, hinterher. Wir kamen an das steile Ufer eines ausgetrockneten Flußarmes. Und da hörte ich wieder den gleichen kläglichen Angstschrei.

Nun wußte ich, daß er aus der Tiefe des ausgetrockneten Flußarms kam. Ich ergriff eines der langen Schilfrohre, die am Ufer wuchsen, und ließ mich daran wie an einem Seil herunter.

Im Flußbett wuchsen nur Farne, Gräser und Schachtelhalme, weder Bäume noch Büsche behinderten die Sicht.

Erneut blieb ich lauschend stehen, konnte aber nichts hören. Und so schrie ich aus vollem Halse. «He, ho!» Da, wieder der klägliche Schrei. Dem Klang nach zu urteilen war das Tier, das ihn ausgestoßen hatte, ganz in meiner Nähe.

Ich ging ungefähr hundert Meter das Flußbett entlang – und plötzlich vernahm ich das Wimmern direkt unter mir. Schnell drehte ich mich um und starrte auf die steile, kahle Wand des ausgetrockneten Flußbetts. Nichts regte sich. Ich wollte schon weitergehen, als ich ungefähr in der Höhe meiner Knie einen dunklen Fleck entdeckte. Es war eine Art von Nische. Vermutlich hatten vor langer Zeit herabstürzende Wassermassen an dieser Stelle die Uferwand ausgehöhlt.

Ich murmelte: «Das Tier kann nur in diesem Loch stecken, eine andere Möglichkeit gibt es nicht.»

Ich pirschte mich vorsichtig heran, ging in die Hocke und spähte hinein. Nur mit Mühe unterdrückte ich einen Schrei. Keine dreißig Zentimeter von mir entfernt hockte Jimbo. Unsere Augen waren auf gleicher Höhe. Ich hielt den Arm vors Gesicht, um mich vor einem Angriff zu schützen – aber nichts geschah.

Jimbo gab keinen Laut von sich, seine Augenlider waren halb geschlossen, als sei er sterbensmüde. Er lehnte reglos mit dem Rücken an der kalten, feuchten Uferwand und hatte seine langen Arme um die rechts und links von ihm sitzenden Äffchen geschlungen.

Sie waren in einem erbärmlichen Zustand: Alles an ihnen troff, und sie zitterten vor Kälte.

«Um Gottes willen, Jimbo!» rief ich. «Was machst du denn da drin? Der Sturm ist doch längst vorbei. Du mußt schleunigst raus aus dem Loch und dich bewegen, damit du wieder warm wirst. Sonst gehst du ein wie 'ne Primel. Komm, ich helf dir!»

Jimbo rührte sich nicht. Er öffnete nur sein großes Maul und stieß einen lauten Klageschrei aus.

Die armen Affen taten mir ehrlich leid. Ich wollte ihnen gern helfen, hatte aber Angst, daß sie mich wieder beißen würden.

Eins der Äffchen sah aus, als wäre es schon auf dem direkten Weg zum Affenhimmel. Es lag seitlich auf dem kalten Boden, steif wie ein Stock. Doch dann sah ich, daß sein kleines Maul sich öffnete und es nach Atem rang.

Mein Herz krampfte sich vor Mitleid zusammen.

Noch bevor ich wußte, was ich tat, ergriff ich die

Hinterbeine des kleinen Burschen und zog ihn aus der Nische. Mit meinem Taschentuch versuchte ich, ihn so gut wie möglich trockenzureiben. Dann legte ich ihn auf den Rücken und bearbeitete seine Beine.

Ich rubbelte ihm fast das Fell ab bei meinem Wiederbelebungsversuch, aber ich hatte Erfolg. Nach ungefähr fünf Minuten fing der kleine Kerl an, sich zu bewegen, er kreischte sogar ein paarmal zaghaft.

Mit dem Äffchen im Arm wandte ich mich wieder Jimbo zu.

«Komm, Jimbo, nimm deine kleinen Freunde und geh mit ihnen in die Sonne. Sie müssen vor allem ihr Fell trocken kriegen und sich aufwärmen.»

Jimbo blickte erst auf mich, dann auf die Äffchen, die er im Arm hielt.

Ich rubbelte wieder den Kleinen und sagte: «Na, siehst du, jetzt geht es dir doch schon viel besser. Ein Glück, daß ich euch noch rechtzeitig gefunden habe.»

Jimbo mußte erkannt haben, daß Raudi und ich nichts Böses im Schilde führten, denn unvermutet kroch er aus der Nische heraus.

Aber daraufhin erhoben die Kleinen ein herzzerreißendes Gewimmer, sie wollten nicht, daß Jimbo sie allein ließ.

Ich setzte das Äffchen zu Boden und wartete gespannt, was Jimbo tun würde.

Inzwischen hatte sich auch Raudi herangewagt. Als er den Kleinen zitternd auf dem Boden sitzen sah, streckte er den Kopf vor und leckte ihn mit seiner warmen Zunge. Das schien dem Äffchen ausgesprochen zu gefallen. Es schloß die Augen und ließ alles mit Wonne über sich ergehen.

Einige Sekunden lang stand Jimbo stumm daneben und beobachtete Raudi aufmerksam. Und dann geschah etwas, das ich mein Leben lang nicht vergessen werde. Jimbo griff nach meiner Jacke, sprang mit einem Satz in meine Arme und legte seinen Kopf an meine Schulter.

Ich mußte vor Rührung erst ein paarmal schlucken, dann drückte ich seinen feuchten, kalten Körper fest an mich und redete leise auf ihn ein.

«Jimbo, reg dich nicht auf», sagte ich beruhigend. «Es ist alles halb so schlimm. Ich hol jetzt deine kleinen Freunde aus dem kalten Loch, und wir setzen sie in die Sonne. Und du wirst sehen, in kurzer Zeit sind sie alle wieder putzmunter.»

Ich setzte Jimbo ab, ging zur Nische und kniete mich hin. Mit geschlossenen Augen und zusammengebissenen Zähnen griff ich nach dem nächstbesten Äffchen, weil ich überzeugt war, daß es mich in seiner Angst sofort beißen würde. Nichts dergleichen geschah. Die armen Dinger waren so steif und verfroren, daß sie ihre kleinen Kinnladen kaum mehr auseinanderbekamen.

Jimbo beobachtete aufmerksam jede meiner Bewegungen, verhielt sich aber vollkommen ruhig. Er begriff offenbar, daß ich es gut mit den Seinen meinte.

Fünfmal griff ich in die Nische und holte je ein Äffchen heraus. Ihr Zustand war noch viel schlechter, als ich befürchtet hatte. Sie blieben genau da hocken, wo ich sie hinsetzte, völlig unfähig, sich zu bewegen.

«So, Jimbo», sagte ich und nahm die fünf auf den Arm, «mehr kann ich auf einmal nicht schleppen.» Im Laufschritt brachte ich sie zu einem sonnigen Platz weiter unten im Flußbett, an dem ich während meiner Suche vorbeigekommen war. Eine halbe Stunde später hatte ich sie alle dorthin transportiert.

Ich fing an zu zählen. Tatsächlich, keiner fehlte. Achtundzwanzig kleine Affen plus Jimbo, das machte neunundzwanzig im ganzen. Ich konnte es kaum glauben.

In der warmen Sonne erholten sich die Kleinen erstaunlich schnell. Ich hob eins von ihnen hoch und befühlte sein Fell. Es war so trocken wie Großmutters Wolle.

Und keins von ihnen machte die geringsten Anstalten, mich oder Raudi zu beißen. Im Gegenteil, ich hatte eher den Eindruck, sie freuten sich, daß wir da waren. Ich konnte sie hochheben und auf dem Arm halten, sooft und solange ich wollte, ohne daß einer auch nur die Zähne zeigte. Die stürmische Nacht hatte ihnen allen Übermut ausgetrieben.

Ich war fast sicher, wenn ich Jimbo dazu bringen könnte, mit mir zu gehen, würden die kleinen uns folgen. Ich sandte ein kurzes Stoßgebet gen Himmel und nahm Jimbo bei der Pfote.

«Komm, Jimbo», sagte ich. Mein Herz klopfte bis zum Hals. «Laß uns nach Hause gehen. Wir haben einen trockenen, warmen Maisspeicher, tausendmal gemütlicher als diese scheußliche, feuchte Flußniederung. Ihr habt es dort ganz kuschelig und ich versprech euch, ihr bekommt auch was Gutes zu essen. Mein großes Ehrenwort, Jimbo.»

Jimbo blickte mich aus seinen traurigen, klugen Augen an, als verstünde er jedes Wort, aber es war ebensogut möglich, daß er schon längst beschlossen hatte, mit mir zu gehen. Auf jeden Fall machte er keinerlei Schwierigkeiten.

Wir kletterten aus dem Flußbett und trotteten Hand in Pfote den Wildpfad entlang. Ich wagte nicht, mich umzusehen, ob die kleinen Affen uns folgten. Aber selbst wenn sie nicht mitkämen, hätte ich nichts machen können. Im Moment blieb mir nichts anderes übrig, als auf mein Glück zu vertrauen.

Wir waren noch nicht weit gekommen, als ein Äffchen mit hoch erhobenem Schwanz an uns vorbeipreschte, ihm folgte ein zweites und ein drittes, und im Nu wimmelte der Pfad nur so von Affen. Sie rannten rechts und links an uns vorbei, schwangen sich von Ast zu Ast, hopsten und kreischten. Ich blickte Jimbo an, und ich hätte schwören können, daß er verstohlen grinste, aber es war ein freundliches Grinsen.

«Jeremy», sagte ich zu mir selbst, «wenn dich das Glück nicht noch im letzten Moment im Stich läßt, dann hast du's geschafft!»

Ich war keine hundert Meter vom Haus entfernt, als Daisy auf die Veranda gehumpelt kam. Als sie uns sah, blieb sie wie versteinert stehen, schloß die Augen, schüttelte den Kopf, als ob sie ein Hirngespinst verscheuchen wollte, riß die Augen weit auf und schrie: «Mutter! Mutter! Schnell, das mußt du sehen! Jeremy kommt mit tausend Affen nach Hause!»

Seit Beginn der Welt hatten sich Affen bestimmt noch nie so schnell vermehrt.

Mutter stürzte aus dem Haus, den Teekessel in der Hand. Sie machte den Mund auf, und ich dachte, sie wollte etwas sagen, doch sie brachte keinen Ton heraus. Unser Anblick hatte ihr die Sprache verschlagen.

Kein Wunder eigentlich – schließlich passiert es nicht alle Tage, daß ein Junge mit einem Schimpansen an der Hand und von achtundzwanzig kleinen Affen umringt nach Hause kommt.

«Steht nicht so blöd herum», schrie ich aufgeregt. «Schnell, macht mir die Tür zum Maisspeicher auf!»

Mutter lief mit dem Teekessel in der Hand auf die Scheune zu. Daisy folgte ihr auf dem Fuß. Noch nie hatte ich meine kleine Schwester so schnell laufen sehen, ihre Krücke schien kaum den Boden zu berühren.

Vater trat aus der Schmiede. Er mußte gerade irgend etwas geschärft haben, denn er hielt noch eine Feile in der Hand. Ein oder zwei Sekunden lang starrte er sprachlos auf mich und die Affen, dann ließ er die Feile fallen und kam angerannt.

Als ich mit meiner Affenschar den Maisspeicher erreichte, warteten Mutter und Daisy schon bei der offenen Tür. Mutters Hand umkrampfte den Henkel des Teekessels, ihre Augen waren auf Jimbo geheftet. Sie hatte sichtlich Angst.

«Jeremy», sagte sie mit belegter Stimme. «Was ist das für ein Monstrum? So sieht doch kein Affe aus. Es ist sicher furchtbar gefährlich. Bitte, paß bloß auf!»

«Aber Mutter», sagte ich lachend und nahm Jimbo auf den Arm, «du zitterst ja wie Espenlaub. Jimbo ist völlig harmlos und so zahm wie der alte Raudi. Er würde niemand auch nur ein Haar krümmen.»

«Ich kann es nicht mit ansehen!» rief Mutter. «Hast du schon vergessen, wie die Affen Raudi und dich zugerichtet haben? Setz das Untier sofort auf den Boden!»

«Es war nicht ihr Fehler, Mutter», beruhigte ich sie. «Raudi und ich waren an allem schuld. Die Affen dachten, wir wollten ihnen an den Kragen, nur deshalb haben sie uns gebissen.»

«Jeremy!» fauchte Mutter. «Tu diesen Affen, oder was immer es ist, augenblicklich in den Maisschober und schließ die Tür ab – und sorge dafür, daß sie abgeschlossen bleibt.»

«Aber Mutter», sagte ich und ging mit Jimbo im Arm auf sie zu. «Schau doch, wie lieb er ist. Warum streichelst du ihn nicht ein bißchen. Du wirst sehen, er ist ganz brav. Er tut keiner Fliege was zuleide.»

Mutter wich mit einer Behendigkeit zurück, die ich ihr nie zugetraut hätte. Ihr Gesicht war weiß wie ein Hühnerei.

«Jeremy!» schrie sie, «nimm das Tier und verschwinde. Ich will es nicht in meiner Nähe haben. Und wenn du nicht augenblicklich gehorchst, hau ich dir eine runter, daß dir Hören und Sehen vergeht.»

Ich wußte aus bitterer Erfahrung, daß Mutter ein lockeres Handgelenk haben konnte. «Aber Mutter . . .», stotterte ich. Doch in diesem Moment kam mir gottlob Daisy zu Hilfe.

«Jeremy», fragte sie, «meinst du, Jimbo läßt sich von mir streicheln?»

«Na klar. Da, willst du ihn auf den Arm nehmen?»

Ich reichte ihr Jimbo. Er schlang seine langen Arme um ihren Hals und wimmerte leise. Es klang fast so, als beklage er sich bei Daisy über Mutters unfreundliche Worte.

Daisy drehte sich nach Mutter um. «Oh, sieh nur», sagte sie ganz weich, «wie lieb er ist.»

Niemand konnte Mutter so schnell umstimmen wie Daisy. Sie musterte Jimbo zwar noch immer reichlich mißtrauisch, ließ sich dann aber doch herbei zuzugeben: «Du hast recht, er sieht wirklich nicht bösartig aus. Er ist nur so schrecklich groß!»

Vater fragte: «Wie hast du sie gefangen? Anscheinend war es nicht sehr schwierig. Du bist nicht lange fort gewesen.»

«Ich versteh es selbst nicht ganz, Vater. Ich glaube, sie *wollten* sich fangen lassen. Sie sind einfach mitgekommen, ganz ohne mein Zutun.»

Ich berichtete Vater, wie verzweifelt Raudi und ich die Affen in der Flußniederung gesucht hatten. «Ich war schon auf dem Nachhauseweg und ganz niedergeschlagen, als ich das Wimmern hörte», fuhr ich fort. «Du kannst dir nicht vorstellen, in welch kläglichem Zustand die armen Viecher waren. Zunächst hatte ich Angst, sie würden mir unter den Händen wegsterben, aber in der warmen Sonne haben sie sich schnell wieder erholt.»

Vater nickte. «Ja, der Sturm hat dir mehr geholfen, als alle Fallen und Käfige zusammen. Diese Affen sind zahm und von Menschen abhängig. Sie haben es verlernt, in der freien Wildbahn zu leben. Gestern nacht müssen sie Todesängste ausgestanden haben.»

«Es war noch ein Glück, daß Jimbo die Höhle entdeckt hat. In den Bäumen hätten sie den Sturm bestimmt nicht überlebt.»

Ich blickte mich nach den kleinen Affen um, konnte aber keinen einzigen sehen. «O Gott», dachte ich verzweifelt, «jetzt sind sie mir wieder entwischt.»

«Wo sind die Kleinen?» rief ich ganz außer mir.

Vater lachte. «Die sind längst im Maisspeicher.»

Ich lief zur Tür und spähte ins Halbdunkel. Tatsächlich – wo ich hinblickte, hockte ein Äffchen. Jedes hielt einen Maiskolben in den Pfoten und knabberte gierig daran.

Daisy trug Jimbo in den Speicher und setzte ihn auf den Boden. Mit einem Griff schnappte er sich den nächstliegenden Maiskolben und biß mit Genuß hinein.

«Schau!» rief Daisy besorgt, «die armen Tiere sind völlig ausgehungert. Ich werde ihnen Milch aufwärmen, das tut ihnen sicher gut. Ja, und dann hole ich ihnen Äpfel, auf die sind sie doch ganz scharf!»

«Daisy!» sagte ich vorwurfsvoll. «Wenn du noch lange unsere Äpfel an die Affen verfütterst, bleiben keine mehr für deine arme Familie übrig.»

Aber Daisy lachte nur und zwinkerte mir zu.

Vater sagte: «Ich werde Stroh aus dem Stall holen und ihnen ein warmes Lager aufschütten. Sie sind bestimmt todmüde, die armen Geschöpfe. Ich wette, sie schlafen wie die Murmeltiere nach ihrem verregneten Abenteuer.»

Gerade als Vater sich zum Gehen wandte, fiel sein Blick auf Mutter. «Also, eins würde mich noch interessieren», meinte er.

«Und das wäre?» fragte Mutter.

«Was hast du eigentlich mit dem Teekessel vor?»

Mutter starrte verblüfft auf den Teekessel in ihrer Hand, man hätte meinen können, sie hätte noch nie zuvor einen gesehen.

Wir platzten alle laut heraus.

Daisys helle Stimme übertönte das Gelächter: «Seht euch doch bloß den alten Raudi an!» rief sie und quietschte vor Vergnügen.

Raudi saß triumphierend inmitten der kleinen Affen und wedelte so heftig mit dem Schwanz, daß die leeren Maishülsen raschelnd rechts und links in die Gegend flogen.

«Raudi», sagte ich, «komm, trenn dich von deinen Freunden. Ich will zu Großvater, soll ich allein gehen?»

Wie ein Pfeil kam er aus der Scheune geschossen.

«Bleib nicht zu lange, Jeremy», mahnte Mutter lächelnd. Noch nie hatte sie mich so ohne Wenn und Aber zu Großvater gehen lassen.

14

Raudi und ich hatten den Weg zu Großvaters Laden schon unzählige Male zurückgelegt. Meistens schlenderten wir gemächlich die Landstraße entlang, aber manchmal versuchte ich auch die ganze Strecke im Laufschritt zu schaffen. Aber nach einiger Zeit ging mir immer der Atem aus. Es war einfach zu weit. Doch an diesem Tag stellte ich einen Rekord auf. Ich rannte von unserem Haus bis zum Laden, ohne auch nur einmal zu verschnaufen. Mir blieb sogar noch etwas Puste übrig, als ich bei Großvater ankam.

Aus der Ferne hatte ich schon den Postwagen gesehen, und nun, als wir in den Laden stürzten, sah ich auch den Postboten. Großvater und er standen am Ladentisch, tief über einen Katalog gebeugt.

«Großvater!» rief ich, «ich hab sie! Ich habe die Affen

gefangen. Alle neunundzwanzig! Sogar den Zweihundert-Dollar-Affen!»

«Du hast sie gefangen?» fragte Großvater ungläubig und nahm die Brille ab. Seine Hand zitterte vor Aufregung.

«Ja, stell dir vor! Sie sind in unserem Maisspeicher, heil und unversehrt!»

«Alle neunundzwanzig!» wiederholte Großvater begeistert. «Ich wußte, du würdest es schaffen. Ich wußte es die ganze Zeit. Wenn man etwas wirklich will, kriegt man es auch. Das habe ich schon immer gesagt.»

Der Briefträger sah mich an. «Sind das die Affen, von denen dein Großvater mir erzählt hat? Die entsprungenen Zirkusaffen, für die eine Belohnung ausgesetzt ist?»

Ich nickte.

Der Postbote blickte zur Decke und bewegte lautlos die Lippen, dann lächelte er und meinte anerkennend: «Alle Achtung, ich hab' gerade die Gesamtprämie ausgerechnet. Da wirst du ja bald der reichste Junge auf dem ganzen Ozark-Plateau sein. Was machst du mit all dem Geld?»

«Ich kaufe mir ein Pony und ein Gewehr», verkündete ich stolz.

Großvater wandte sich an den Postboten. «Ich weiß, Sie haben es eilig, aber ich möchte sofort an die Zirkusleute schreiben und Ihnen den Brief mitgeben. Es dauert keine fünf Minuten. Haben Sie noch soviel Zeit?»

Der Briefträger nickte. «Ja natürlich, aber bitte beeilen Sie sich. Es ist schon spät, und ich werde sowieso erst nach Anbruch der Dunkelheit wieder in der Stadt sein.»

Großvater schlurfte hastig hinter den Ladentisch, zog eine Schublade auf und kramte in irgendwelchen Papieren, wobei er ärgerlich vor sich hinmurmelte: «Wo hab ich bloß den Brief hingelegt, auf dem die Adresse stand? Ich dachte, ich hätte ihn hier reingetan.»

Vor lauter Aufregung hatte er vergessen, seine Brille

wieder aufzusetzen. Er hielt sie noch immer in der Hand.

Der Postbote grinste. «Ich an Ihrer Stelle würde die Brille aufsetzen. Es ist erstaunlich, wieviel besser man damit sieht.»

Ich mußte mir auf die Unterlippe beißen, um nicht laut herauszuplatzen.

Großvater brummte etwas Unverständliches, befolgte aber den gutgemeinten Rat und fing erneut an zu wühlen.

Doch ohne sichtbaren Erfolg. Nachdem der Postbote ihn eine Zeitlang lächelnd beobachtet hatte, meinte er: «Immer mit der Ruhe, Mister, ich hab eine Idee. Vielleicht brauchen Sie den Brief gar nicht zu schreiben. Gestern in der Kneipe hat mir ein Gast erzählt, der Zirkus sei in Tulsa. Wenn Sie wollen, kann ich, sobald ich wieder auf der Post bin, ein Telegramm für Sie aufgeben.»

Großvater stieß einen tiefen Seufzer der Erleichterung aus. «Das wäre allerdings furchtbar nett von Ihnen. Wieviel, meinen Sie, wird es denn kosten?»

«Bestimmt nicht mehr als einen Dollar. Es ist ja nicht weit. Was soll ich den Leuten denn telegrafieren?»

Großvater dachte einige Sekunden lang nach. «Ich glaube, es genügt, wenn Sie ihnen mitteilen, daß die Affen gefangen sind und wir auf Nachricht von ihnen warten würden.»

Großvater und ich begleiteten den Postboten vor die Tür und sahen ihm nach, bis er hinter der nächsten Biegung verschwand.

«So, und nun erzähl mir mal ganz genau, wie du diese Affen dingfest gemacht hast», drängte Großvater, als wir wieder in den Laden traten. «Ich war nämlich schon fast soweit zu glauben, daß diese schlauen Biester sich doch nicht fangen lassen.»

«Großvater», sagte ich nachdenklich. «Ich kann es selbst noch nicht ganz fassen, daß die Affen tatsächlich in unserem

Maisspeicher sitzen. Aber eigentlich habe ich sie gar nicht gefangen. Sie sind freiwillig mitgekommen.»

Großvater runzelte die Stirn. «Kannst du dich vielleicht etwas deutlicher ausdrücken?»

«Vater sagt, ohne den Sturm hätte ich sie nie und nimmer gekriegt.»

Großvater schlug mit der Faust auf den Tisch. «Was hat denn der Sturm mit den Affen zu tun? Also komm, jetzt alles schön der Reihe nach!»

«Entschuldige», sagte ich, «aber ich bin noch so durcheinander, daß ich gar nicht weiß, wo ich anfangen soll.»

Ich setzte mich hin und brachte mit einiger Mühe doch einen ziemlich genauen Bericht zustande. Das war ja wohl auch das mindeste, was ich Großvater schuldete. Schließlich hatte ich ihn in die ganze Affengeschichte mit reingezogen.

Als ich zu Ende war, schmunzelte Großvater zufrieden. «Also, wenn du mich fragst», meinte er, «ist es schnurzegal, *wie* du die Affen gefangen hast. Hauptsache, du hast es geschafft. Und was die Zirkusleute angeht, so glaube ich nicht, daß sie uns lange auf eine Nachricht warten lassen. Diese Affen sind unersetzbar für sie. Ich wette, daß wir schon in ein oder zwei Tagen von ihnen hören werden.»

«Meinst du?» fragte ich ganz aufgeregt.

Großvater nickte. «Bestimmt. Ich bin sicher, sie werden sich sofort nach Erhalt des Telegramms auf den Weg machen. Die Affen sind eine Hauptattraktion ihrer Schau. Das hat mir der Dompteur schon geschrieben.»

«In ein oder zwei Tagen!» rief ich begeistert. «Ach, Großvater, ich kann es kaum erwarten.»

Plötzlich mußte ich wieder an den Feenkreis und unsere Wünsche denken.

«Großvater, hast du je einen Feenkreis gesehen?»

Großvater schüttelte den Kopf. «Nein, niemals, aber man

sagt, daß es nur sehr wenigen Menschen vergönnt ist, einen Feenkreis zu finden. Warum fragst du?»

«Ich habe heute früh einen Feenkreis gesehen.»

«Du hast einen Feenkreis gesehen?» wiederholte Großvater ungläubig. Seine Stimme klang seltsam brüchig.

«Ja, Daisy hat ihn gefunden.»

«Daisy . . . hat ihn . . . gefunden . . .», sagte Großvater stockend. «Wo . . .?»

«Genau vor ihrer Laube.»

Großvater nahm die Brille ab und strich sich mit dem Handrücken über die Augen, als wollte er eine Träne abwischen. Ich war ganz erstaunt.

«Und – habt ihr euch etwas gewünscht?» fragte er leise.

«Natürlich, jeder von uns», erwiderte ich lachend.

«Und dein Wunsch?» fragte Großvater. «Ist er auch schon in Erfüllung gegangen?»

«Nein, noch nicht. Aber ich hoffe, daß er eines Tages in Erfüllung geht. Ich hoffe es von ganzem Herzen.»

Großvater sah mich erstaunt an. «Hast du dir denn nicht gewünscht, daß du die Affen fängst, damit du dir ein Pony und ein Gewehr kaufen kannst? Ich dachte, das sei der größte Wunsch deines Lebens?»

«Ich weiß . . . natürlich wünsch ich mir ein Pony und ein Gewehr. Ich kann dir gar nicht sagen, wie sehr. Aber . . . ich . . . ich habe die Feen um etwas anderes gebeten.»

«Um etwas anderes?» rief Großvater verblüfft. «Ich dachte, du könntest an nichts anderes mehr denken als an deine Affen. Und mir ging es genauso, das kannst du mir glauben. Was hast du dir denn bloß gewünscht, in drei Herrgotts Namen?»

«Großvater, bitte frag mich nicht. Daisy hat gesagt, wenn man jemandem seinen Wunsch erzählt, geht er nicht in Erfüllung. Und ich würde alles drum geben, daß er in Erfüllung geht.»

Großvater schien unzufrieden. «Solche Geheimnistuereien fallen mir auf die Nerven. Warum flüsterst du mir deinen Wunsch nicht einfach ins Ohr? Keiner würde es hören, aber ich wüßte Bescheid.»

«O nein, Großvater», antwortete ich. «Vielleicht ist auch das nicht erlaubt. Bitte, sei mir nicht böse, das mußt du doch verstehen.»

Großvater lächelte. «Prüfung bestanden. Natürlich will ich nicht, daß du mir deinen Wunsch verrätst. Ich wollte nur mal sehen, ob du wirklich den Mund halten kannst. Ich bin stolz auf dich, mein Junge.»

«Großvater!» rief ich. «Wenn mein Wunsch in Erfüllung geht, werde ich nicht nur dir, sondern der ganzen Welt davon erzählen.»

«Nun, ich drücke dir jedenfalls die Daumen. Vielleicht hilft das ein wenig.»

Großvater sah auf die Uhr. «So, und nun lauft nach Hause. Ich mach den Laden jetzt zu, weil ich noch zum Irokesen-Tom will.»

«Du meinst zu Tom, dem Pferdehändler?»

Großvater nickte.

«Was willst du denn bei dem?»

«Tom hat zwei Ponys, die er bei mir unterstellen will und die ich für ihn verkaufen soll. Ich werde sie abholen und hinten an den Gig binden, und wenn du morgen kommst, kannst du dir eins davon aussuchen.»

Mir fiel vor Überraschung glatt die Bonbontüte aus der Hand. Mein Herz fing so wild an zu klopfen, daß ich dachte, es müsse zerspringen. Ich wollte irgendwas sagen, brachte aber kein Wort heraus. Ich starrte Großvater an, ohne ihn wirklich zu sehen.

Großvater lachte. «Na, kriegst du den Mund nicht mehr auf? Oder willst du das Pony etwa nicht mehr haben?»

Ich schluckte ein paarmal und nickte mit dem Kopf. «Na-

natürlich will ich das Pony», stotterte ich. «Aber – ich – ich hab doch das Geld noch gar nicht.»

«Darüber mach dir nur keine Sorgen», beruhigte Großvater mich. «In ein oder zwei Tagen bist du so reich, daß du dir ein Pony und ein Gewehr kaufen kannst und sogar noch etwas übrigbehältst.»

«Das Ganze kommt mir vor wie ein Traum . . . Großvater, sag mal, wieviel, meinst du, kostet so ein Pony überhaupt?»

«Das kann ich dir wirklich nicht sagen, aber billig wird es bestimmt nicht sein, so wie ich das alte Schlitzohr, den Tom, kenne. Aber ich werde mein Bestes tun, das versprech ich dir.»

«Ach Großvater, ich kann dir gar nicht sagen, wie ich mich auf morgen freue – das wird der schönste Tag meines Lebens sein.»

Großvater lächelte verständnisvoll.

Ich dankte ihm noch mal für alles, was er für mich getan hatte, und machte mich auf den Nachhauseweg. Mir war, als ging ich auf Wolken.

Daisy saß in der Küche und zog ihrer Puppe ein neues Kleid an.

«Ich geh mal schnell in den Maisspeicher, um nach den Affen zu sehen», sagte ich, «vielleicht brauchen sie was.»

«Die brauchen nichts als Schlaf im Moment», eröffnete mir Daisy. «Zuerst haben sie sich rundherum satt gefressen und sich dann sofort aufs Ohr gelegt.»

Vater kam mit einem Eimer Milch in die Küche. Er stellte ihn auf die Anrichte und sagte: «Im Vorbeigehen habe ich einen Blick in den Speicher geworfen. Die Affen haben sich so tief ins Stroh eingebuddelt, daß man nur noch ihre Nasenspitzen sieht. Sie machen nicht den Eindruck, als trauerten sie ihrer verlorenen Freiheit nach.»

Mutter mischte sich ein: «So, und jetzt will ich mal eine

Weile nichts mehr von Affen hören. Setzt euch lieber hin, das Abendbrot ist fertig.»

Während wir aßen, erzählte ich von meinem Gespräch mit Großvater.

«Was für ein Pony wirst du dir aussuchen?» fragte Daisy. «Welche Farbe soll es haben?»

«Ist mir alles ganz egal – Hauptsache, es ist ein Pony», meinte ich.

Mutter stand auf und räumte das Geschirr ab.

Daisy sagte: «Ruh dich aus Mutter, ich wasche ab.»

Vater sah mich an. «Und wir beide», sagte er, «gehen noch mal zum Maisspeicher rüber. Ich möchte mich vergewissern, daß auch alles in Ordnung ist.»

Es war schon dunkel, als wir vom Tisch aufstanden. Ich zündete eine Laterne an, und Vater und ich gingen gemeinsam über den Hof. Vor dem Maisspeicher blieben wir stehen und lauschten. Drinnen war alles still, nicht mal das Rascheln einer Maus war zu hören.

Vater flüsterte: «Sie scheinen fest zu schlafen, aber laß uns auf alle Fälle doch mal reinschauen.»

Ich öffnete das Tor so leise ich konnte und hielt die Laterne hoch. Im weichen Lichtschein erkannte ich Jimbo. Er hob den Kopf, sah mich an, gab einen kleinen verschlafenen Laut von sich und legte sich sofort wieder hin.

Vater flüsterte: «Stör sie nicht weiter, sie scheinen sich ganz behaglich zu fühlen.»

Behutsam schloß ich das Tor und versperrte es. Dann gingen wir ins Haus zurück.

Mutter und Daisy waren bereits im Wohnzimmer. Daisy hockte auf dem Boden, einen Spiegel in der Hand, und kämmte sich.

Mutter saß im Schaukelstuhl neben der Stehlampe und las.

Ich sah Daisy an, und plötzlich stand das Bild von meiner

kleinen Schwester, die in der Mitte des Feenkreises kniete und ihren strahlenden Blick auf mich richtete, wieder ganz deutlich vor meinen Augen. Irgendwas hatte sich in diesem Moment zwischen uns verändert. Auch wenn ich nicht genau zu sagen wußte, was.

Es wurde ein wirklich schöner, gemütlicher Abend wie schon lange nicht mehr.

Schließlich sagte Mutter: «So, Kinder, jetzt marsch ins Bett.» Vater reckte sich und gähnte. «Ja, es ist höchste Zeit», bekräftigte er. «Ich muß morgen früh aus den Federn.»

Mir schien, ich sei eben erst eingeschlafen, als Daisy laut mit ihrer Krücke gegen meine Tür schlug und rief:

«Jeremy! Wach auf, das Frühstück ist fast fertig. Und große Dinge stehen bevor.»

«Okay», murmelte ich verschlafen. «Ich komm ja schon, aber du brauchst nicht gleich die Tür einzuschlagen.»

Ich rieb mir den Schlaf aus den Augen und betrat gähnend die Küche. Mutter sah mich besorgt an. «Mein Gott, Jeremy, wie siehst du denn aus! Du bist ja käsebleich und hast entzündete Augen. Bist du krank?»

«I wo, Mutter, ich hab bloß schlecht geträumt und bin immer wieder aufgewacht.»

Vater sagte: «Halt dein Gesicht unter kaltes Wasser, das hilft immer. Du wirst sehen, gleich bist du hellwach.»

Mit zusammengebissenen Zähnen befolgte ich seinen Rat und fühlte mich gleich viel besser.

Während ich mein Gesicht abtrocknete, sah ich, daß Mutter meinen Teller mit Porridge füllte. «Mutter, darf ich vor dem Frühstück noch schnell nach den Affen sehen?» fragte ich.

«Nicht mehr nötig», sagte Vater. «Ich habe ihnen schon frisches Wasser und Gemüse gebracht. Sie sehen quietschfidel aus.»

Gerade als wir mit dem Frühstück fertig waren, kam Raudi laut bellend unter der Veranda hervor.

Vater sah Mutter fragend an. «Es hört sich fast so an, als ob jemand Fremdes käme. Wer kann das sein?»

«Keine Ahnung», erwiderte Mutter, «vielleicht . . .»

«Pst!» machte Daisy und legte den Zeigefinger auf den Mund. «Seid mal ruhig! Was ist das?»

«Es klingt wie das Brummen eines Motors», meinte Vater.

«Vermutlich ein Auto», sagte Mutter.

Wir liefen alle auf die Veranda.

Raudi stand in der Mitte der Straße, mit gesträubtem Fell, und bellte aus vollem Halse.

Es *war* ein Auto – aber ein höchst seltsames! Eigentlich sah es mehr aus wie eine große Kiste auf Rädern. Die Kiste war fast so breit wie die Straße und weiß und grün bemalt.

«Du meine Güte, was für ein Ungetüm», rief Vater erstaunt. «Es muß eine Art Lastwagen sein.»

«Ich finde, es sieht eher aus wie ein fahrendes Haus», sagte Mutter.

«Ich weiß, was es ist», warf Daisy plötzlich ein. «Es ist ein Zirkuswagen.»

Der Lastwagen näherte sich unserem Haus unter lautem Quietschen und Knattern, schließlich hielt er vor der Tür.

Raudi stürzte sich zähnefletschend und knurrend auf den gefährlichen Eindringling und biß ihn in die Reifen.

«Verrückter Hund!» murmelte Mutter.

Mitten auf der uns zugewandten Seitenwand prangte ein mächtiger Gorilla, der mit einer großen Schlange kämpfte. Und darüber stand mit fetten roten Buchstaben in einem verschnörkelten Halbmond: «Gebrüder Johnson – Zirkus.»

Zwei Männer sprangen vom Sitz und kamen auf uns zu. Einer sagte: «Guten Morgen. Ich bin Ben Johnson, und das ist mein Bruder Tom. Wir suchen die Farm der Familie Lee.»

«Da sind Sie an der richtigen Adresse», antwortete Vater. «Ich bin Bob Lee, und das sind meine Frau Sara, meine Tochter Daisy und mein Sohn Jeremy.»

Die Brüder Johnson zogen höflich den Hut vor Mutter und Daisy und schüttelten Vater und mir die Hand.

Ben Johnson lächelte und sagte: «So, du bist also Jeremy. Dein Großvater sagt, du hättest unsere Affen.»

«Sie sind im Maisspeicher», krächzte ich mit vor Aufregung heiserer Stimme.

«Können wir sie sehen?»

«Natürlich.»

Vater sagte: «Wie haben Sie es bloß geschafft, so schnell hier zu sein?»

Tom Johnson lachte. «Nicht wahr, wir haben nicht viel Zeit vergeudet? Als wir das Telegramm bekamen, haben mein Bruder und ich uns gleich in den Wagen gesetzt und sind ohne weiteren Aufenthalt die ganze Nacht durchgefahren.»

«Kommen Sie», sagte Vater, «ich zeig Ihnen den Maisspeicher.»

Raudi lief uns voran. Unterwegs erklärte uns Ben Johnson, warum die Affen für ihn so wertvoll waren. «Es ist nun mal so», stellte er abschließend fest, «ein Zirkus ohne Affen ist eben kein Zirkus. Da beißt die Maus keinen Faden ab.»

Als wir den Maisspeicher öffneten, sahen wir zuerst Jimbo. Er saß auf einem hohen Maishaufen und knabberte an einem Apfel. Beim Anblick von Ben Johnson ließ er den Apfel fallen und hopste und schrie vor Freude. Dann kam er auf uns zugelaufen und sprang Ben Johnson auf den Arm.

Mr. Johnson drückte ihn so fest an sich wie einen wiedergefundenen Sohn und vergrub das Gesicht in seinem Fell, dabei raunte er ihm ins Ohr, wie glücklich er sei, ihn wiederzusehen, und wie sehr er ihn vermißt habe und wie sehr er ihn liebe.

Jimbo wimmerte wie ein kleines Kind. Auch Tom Johnson hatte vor Freude Tränen in den Augen.

Mutter sagte: «Ich hätte nie gedacht, daß Tiere so anhänglich sein können.»

Ich sah zu Daisy rüber, sie lehnte auf ihrer Krücke. Ihre Augen waren ganz feucht.

Ben Johnson fragte seinen Bruder: «Kannst du mit dem Wagen rückwärts an das Speichertor fahren?»

«Ohne weiteres», sagte Tom, «ich weiß bloß nicht, ob ich durch das Gatter da komme. Es sieht mir verdammt eng aus.»

«Kein Problem», meinte Vater. «Ich nehme einfach den einen Pfosten und die Latten heraus, dann haben Sie genug Platz.»

«Ja, wenn Ihnen das nicht zuviel Mühe macht?»

«Aber nein», erwiderte Vater, «das ist ja das Praktische an diesen Lattenzäunen – sie sind leicht zu errichten und leicht abzumontieren.»

Die kleinen Affen sprangen ohne langes Zureden in die offene rückwärtige Tür des Lastwagens.

Mr. Johnson legte ein Schloß vor, dann wandte er sich an mich. «So, Jeremy», sagte er, «und nun das Geschäftliche. Mir scheint, heute ist Zahltag.»

Er griff in seine Hosentasche, zog eine Brieftasche heraus und entnahm ihr ein Bündel Banknoten.

Die Augen fielen mir fast aus dem Kopf. Noch nie im Leben hätte ich so viel Geld auf einmal gesehen.

«So, jetzt laß uns mal rechnen», sagte er. «50 mal 28 macht 1400 plus die 200 für Jimbo, das sind im ganzen 1600 Dollar. Hier hast du sie.»

Ich hielt die Hände auf, sie zitterten so stark, daß die Geldscheine fast zu Boden gefallen wären. Dann stammelte ich mit erstickter Stimme irgendeinen Dank und stopfte das Geld in meine Tasche.

Ich hörte, wie Daisy leise zu Mutter sagte: «Mit so einem reichen jungen Mann umzugehen, wird nicht leicht sein.»

Tom Johnson trat auf Vater zu: «Mr. Lee, darf ich Ihnen das geben? Es ist eine lebenslängliche Freikarte für den Zirkus. Sie gilt für Sie und Ihre ganze Familie.»

Vater dankte ihm und sagte: «Wir sind nicht reich und fahren selten in die Stadt. Aber das nächste Mal, wenn Sie in Tulsa auftreten, hoffe ich sehr, daß wir kommen können.»

«Das würde mich aufrichtig freuen», versicherte Tom Johnson. «Und bitte melden Sie sich bei mir, damit ich mich persönlich um Sie kümmern kann.»

Mutter fragte: «Darf ich den Herrn vielleicht eine Tasse Kaffee und etwas zu essen anbieten?»

«Nein, vielen Dank, Mrs. Lee», erwiderte Ben Johnson. «Das ist riesig nett von Ihnen, aber wir sind in größter Eile. Der Zirkus verläßt Tulsa morgen früh, und bis dahin müssen wir unbedingt zurück sein, um den Abbau zu überwachen.»

Die Johnsons verabschiedeten sich von uns allen. Dann stiegen sie in ihren Wagen und fuhren langsam über den Hof, hinaus auf die Landstraße. Bald sah man nur noch eine Staubwolke, die sich schnell entfernte.

Ich sah ihnen nach, und plötzlich war mir ganz seltsam zumute. Ich fühlte mich irgendwie einsam und im Stich gelassen.

«Nun sind sie fort», sagte ich traurig zu niemand im besonderen. «Ob ich sie wohl je wiedersehe? Auf jeden Fall werde ich sie nie vergessen, nie in meinem Leben.»

«Ich glaube, keiner von uns wird die Affen je vergessen», meinte Vater.

15

«Jeremy!» rief Daisy mir nach, «paß auf, daß du unterwegs nicht dein Geld verlierst!»

Ich bekam einen Schreck. Daisy hatte recht. Ich vergrub die Hand tief in der Hosentasche und umklammerte das Notenbündel. Dann rannte ich weiter und mußte feststellen, daß es gar nicht so leicht war, drei Meilen mit einer Hand in der Hosentasche zu laufen. Aber ich schaffte es.

Großvater hatte wohl schon nach mir Ausschau gehalten, denn er stand vor dem Laden, als ich angekeucht kam.

«Ich hab schon gedacht, die Affen hätten dir im letzten Moment noch den Arm abgebissen», sagte er. «Von weitem konnte ich jedenfalls nur einen sehen.»

«Ich mußte doch das Geld festhalten», erklärte ich grinsend, «sonst wäre es mir womöglich noch aus der Tasche gerutscht.»

«Ach, darum», Großvater nickte verständnisvoll.

«Hast du die Ponys?» fragte ich aufgeregt.

«Ja, sie stehen auf der Koppel. Es sind zwei, ein Rotschimmel und eine Schecke. Sie sind beide schon zugeritten und ganz zahm und gutmütig.»

Ich sah Großvater an. Irgend etwas stimmte nicht. Er benahm sich höchst merkwürdig. Seine Stimme klang unnatürlich ernst und gleichzeitig unbeteiligt. Die Ponys schienen ihn nicht die Bohne zu interessieren.

Aber vielleicht bildete ich mir das auch nur ein. «Wieviel verlangt der alte Tom denn für sie, Großvater?» fragte ich aufgeregt.

«Tausend für den Rotschimmel, siebenhundertfünfzig für die Schecke», erwiderte Großvater kurz angebunden. «Der alte Halunke hat mir keinen Cent nachgelassen. Ich habe mir schon hundertmal geschworen, keine Geschäfte mehr mit ihm zu machen – und in Zukunft halte ich mich auch dran.»

Ich unterdrückte ein Grinsen. Ich glaubte Großvater kein Wort. Er und der alte Tom waren nämlich die dicksten Freunde – nur nicht, wenn es um Pferde ging.

«Großvater, welches Pony soll ich nehmen?»

Großvater runzelte die Stirn. «Ich möchte dir eigentlich keinen Rat geben», sagte er langsam. «Es ist das erste Pony deines Lebens, und das ist ein großer Augenblick für dich. Nein, ich halte es für besser, wenn du deine Wahl ohne meine Hilfe triffst.»

«Okay, Großvater. Hoffentlich nehme ich nicht das falsche.»

«Darüber brauchst du dir keine Sorgen zu machen, beide sind gute Tiere.»

Ich lief mit Raudi, der ausgelassen um mich herumtollte, zur Koppel.

Die Ponys hatten uns kommen hören. Sie standen mit hochgereckten Hälsen und gespitzten Ohren am Gatter. Die Bremsen setzten ihnen ziemlich zu. Sie stampften mit den Hufen und schlugen mit den Schweifen.

Der Rotschimmel war kleiner als die Schecke, ein stämmiges Tier, sein glattes Fell glänzte in der Sonne.

«Raudi», sagte ich leise, «der Rotschimmel ist ein Steher. Ich wette, auf dem kann man Tag und Nacht reiten, ohne daß er müde wird.»

Die Schecke war fast zu hübsch, mehr weiß als schwarz und graziler als der Rotschimmel. Die schwarzen Flecken wirkten wie aufgemalt. Sie hatte lange, schlanke Beine und einen edel geformten, schmalen Kopf.

«Die Schecke ist ein Renner, ich wette, die fliegt nur so dahin wie der Wind.»

Ich öffnete das Gatter und ging ganz nah an die Ponys heran.

Meine Kenntnisse über Pferde waren gleich Null, ich konnte mich nur nach dem richten, was mir gefiel.

Solange ich denken konnte, hatte ich davon geträumt, ein eigenes Pony zu haben. Und es war immer eine Schecke gewesen.

Und nun stand ich meinem Traumpony wirklich gegenüber. Ich konnte mich gar nicht satt sehen. «Raudi», flüsterte ich, «den Rotschimmel brauch ich gar nicht näher anzuschauen. Ich weiß schon, welches Pony ich will – die Schecke, sie ist genau die Richtige für mich.»

Raudi schien zu verstehen, daß dies der glücklichste Augenblick meines Lebens war. Er wedelte wie wild mit dem Schwanz und sprang an mir hoch.

Ich wollte die Pferde laufen sehen, also stampfte ich mit dem Fuß auf, klatschte in die Hände und rief mit lauter Stimme: «He – ho!»

Der Rotschimmel schnaubte und galoppierte gleich davon. Seine Schulter- und Beinmuskeln traten hervor und bebten vor Spannkraft. Er war wirklich schön.

Die Schecke rührte sich nicht. Sie stand da, den Kopf stolz erhoben, und sah uns an.

Das gefiel mir. Ich wollte kein nervöses, aufgeregtes Pferd. Ich ging dichter an sie heran und streckte meine Hand aus.

Die Stute war weder verschreckt noch verängstigt. Sie senkte den Kopf und spitzte die Ohren. Ich fühlte ihren heißen Atem auf meinen Fingern, ihre weichen Nüstern beschnüffelten meine Hand. Dann hob sie den Kopf und knabberte an meiner Mütze. Sie hatte sanfte, braune Augen.

Ich trat ein paar Schritte zurück und schnippte mit dem Finger. «Komm, ich möchte dich laufen sehen», sagte ich.

Sie kam bereitwillig, doch irgend etwas war nicht in Ordnung. Und dann merkte ich, was es war: Sie lahmte auf dem rechten Hinterbein.

«Was ist denn los mit dir?» fragte ich und ging um sie herum. «Hast du etwas am Huf?»

Ich kniete nieder und sah, warum sie hinkte.

Am Fesselgelenk, eine Daumenbreite über dem Huf, hatte mein Pony eine tiefe, offene Wunde, auf der eine Unmenge von Fliegen saßen. Ich sprang auf und rief: «O Gott! Nein!»

Ich rannte über die Koppel, sprang über das Gatter und stürzte in Großvaters Laden.

«Großvater», schrie ich, «Großvater! Die Schecke hat eine schreckliche Wunde am Hinterbein.»

Großvater sah mich über seine Brille hinweg an. «Ich weiß», sagte er. «Sie ist an einem Stacheldrahtzaun hängengeblieben, aber es ist nicht so schlimm, wie es aussieht. Die Sehne ist unverletzt. Mit ein wenig Geduld und guter Pflege ist sie nach vier oder fünf Wochen wieder völlig gesund.»

«Vier oder fünf Wochen, Großvater!» rief ich entsetzt. «So lange kann ich nicht warten! Ich will ein Pony, *jetzt*, sofort! Ich will auf meinem eigenen Pony nach Hause reiten.»

«Was ist mit dem Rotschimmel?» fragte Großvater. «Er ist ein gutes Pferd, vielleicht sogar noch besser als die Schecke.»

«Mag sein, aber ich will die Schecke. Ich habe schon immer eine Schecke gewollt – bloß keine lahme.»

«Sieh dir den Rotschimmel noch mal an», ermunterte mich Großvater. «Vielleicht änderst du deinen Entschluß.»

«Das glaub ich kaum, aber wenn du meinst, schau ich ihn mir halt noch mal an.»

Ich ging schweren Herzens zur Koppel zurück und betrachtete den Rotschimmel von allen Seiten. Er war wirklich ein prächtiges Tier, aber . . .

Die Schecke folgte mir auf Schritt und Tritt mit ihrem

armen, lahmen Bein. Sie stubste mich mit dem Kopf und knabberte an meiner Jacke. Einmal wieherte sie sogar leise, als wollte sie mich bitten, sie mitzunehmen.

Verwirrter denn je ging ich in den Laden zurück, um mich noch mal mit Großvater zu beraten.

«Großvater», sagte ich verzweifelt. «Was soll ich denn bloß tun? Der Rotschimmel gefällt mir, sehr sogar, trotzdem kann ich mich nicht entschließen, ihn zu kaufen. Ach, wenn die Schecke doch bloß nicht lahm wäre!»

«Ich kann dir da nicht sagen, was du tun sollst, das mußt du schon selber wissen.»

«Hat der alte Tom noch andere Ponys?» fragte ich.

Großvater nickte. «Gewiß, eine ganze Menge sogar.»

«Aber warum hast du dann gerade ein lahmes Pony genommen?» rief ich erstaunt, «wenn er eine so große Auswahl hat?»

«Ich weiß nicht», erwiderte Großvater und sah mich ernst an. «Es gibt so viele Gründe, aus denen man etwas tut. Vielleicht wollte ich dem armen Ding helfen.»

«Ja, ich versteh dich, Großvater», sagte ich leise. «Die kleine Schecke tut mir auch furchtbar leid, sie ist ein so liebes Tier. Ich würde sie sofort nehmen, aber ich kann einfach nicht vier bis fünf Wochen warten. Ich will ein Pony, auf dem ich gleich reiten kann.»

«Dann hat die arme Schecke eben Pech gehabt», entgegnete Großvater achselzuckend. «Schade, mit ein bißchen Geduld könnte man ihr lahmes Bein wieder völlig ausheilen. Aber, wie gesagt, die Entscheidung liegt bei dir.»

Ich kannte Großvater zu gut, um nicht zu merken, was er mir klarmachen wollte: Ich sollte das Pony trotz seiner Verletzung nehmen.

«Du willst, daß ich die Schecke kaufe, nicht wahr, Großvater?» fragte ich.

«O nein, ich will dich in keiner Weise beeinflussen. Du suchst dir das Pony aus, das du willst.»

«Ich geh noch mal auf die Koppel», sagte ich. «Ach, warum ist alles so schwierig. Wenn die Schecke doch bloß nicht das lahme Bein hätte!»

«Solltest du zu einem Entschluß kommen, ein Halfter hängt am Gatterpfosten.»

Nachdenklich ging ich wieder auf die Koppel, Raudi folgte mir. Ich öffnete das Gatter und nahm das Halfter.

Die Ponys standen am anderen Ende, ungefähr drei Meter voneinander entfernt. Sie beobachteten uns aufmerksam.

Meine Augen wanderten vom Rotschimmel zur Schecke und wieder zurück. «Was soll ich bloß tun, Raudi», sagte ich niedergeschlagen. «Ich weiß, wenn ich den Rotschimmel nehme, dann kann ich gleich losreiten, aber ich weiß auch, daß ich die kleine Schecke nie vergessen werde.»

Ich wollte gerade zurückgehen, um noch mal mit Großvater zu sprechen, als Raudi plötzlich über die Koppel schoß und sich direkt vor der Schecke hinsetzte. Er wedelte mit dem Schwanz, daß der Staub hoch aufflog und schaute zu ihr auf.

Das Pony schien überhaupt keine Angst zu haben. Es senkte den Kopf und sah ihn mit gespitzten Ohren an, dann beugte es sich noch ein wenig tiefer und schnupperte an ihm. Raudi streckte seine lange Zunge raus und leckte seine Nüstern. Es warf den Kopf hoch und schnaubte, blieb aber stehen.

Raudi wedelte entzückt, und ich wußte, obwohl ich es nicht hören konnte, daß er vor Freude leise winselte.

Die kleine Stute sah leicht verdutzt aus, vermutlich war sie noch nie von einem Hund geküßt worden. Doch es hatte ihr offenbar gefallen, denn sie senkte erneut den Kopf und schnupperte an ihm.

Nun geriet Raudi vollends aus dem Häuschen, er jaulte und drehte sich und kroch ihr zwischen die Vorderbeine.

Die Schecke rührte sich nicht vom Fleck. Sie stand nur erstaunt da und beobachtete den ausgelassenen Raudi.

Das Ganze dauerte ein paar Minuten, dann kam Raudi zurückgelaufen, sprang an mir hoch und legte die Pfoten auf meine Schultern.

«Na, Raudi, was hat denn das zu bedeuten? Willst du mir etwa sagen, daß dir die kleine Schecke gefällt? Aber siehst du nicht, daß sie lahm ist? Was soll ich mit einem lahmen Pferd?»

Ganz verzweifelt blickte ich wieder auf die Schecke. Sie kam über die ganze Koppel mühsam auf mich zugehumpelt, blieb direkt vor mir stehen und stubste mich mit dem Kopf.

Und plötzlich wußte ich genau, was ich zu tun hatte.

Ich legte meinen Arm um den Hals der Schecke und sagte leise: «Ja, du hast gewonnen. Du bekommst ein gutes Zuhause, und ich bekomme ein gutes Pony. Du hast mir von Anfang an gefallen, und es macht mir wirklich nichts aus, daß ich nicht gleich auf dir reiten kann.»

Ich hätte schwören können, daß sie den Kopf senkte, um mir das Überziehen des Halfters zu erleichtern. Ich führte sie von der Koppel und band sie am Zaun fest. In diesem Moment trat Großvater aus dem Laden. Er hielt seine Hände tief in den Taschen vergraben und sah ungewöhnlich ernst aus.

«Bist du sicher, daß du die Schecke haben willst?»

«Ganz sicher. Ich habe mir so lange ein Pony gewünscht, nun kann ich auch noch die paar Wochen warten, bis ich auf ihm reiten kann.»

Großvater runzelte die Stirn und zupfte an seinem Schnurrbart. «Hoffentlich machst du keinen Fehler. Ich möchte nicht, daß du deinen Entschluß später bereust. Hast du ihn nicht etwas übereilt getroffen?»

«Nein, Großvater, ich weiß, daß ich den Kauf der kleinen Stute nie bereuen werde.»

In dem Moment trat Großmutter auf die Veranda.

«Jeremy», rief sie, «nimmst du die Schecke?»

«Ja», rief ich zurück. «Gefällt sie dir?»

«Sie ist bildschön. Aber sie lahmt doch!»

«Es ist nur eine Schnittwunde. Großvater meint, sie ist in einigen Wochen wieder in Ordnung.»

«Gib sie deiner Schwester in Pflege, dann ist sie sicher bald gesund.»

«Weiß der Himmel», sagte Großvater, bevor ich noch den Mund aufmachen konnte. «Deine Großmutter hat recht. Daisy weiß mit lahmen Beinen schließlich besser Bescheid als jeder andere. «Laß mich noch mal einen Blick auf die Wunde werfen.»

Er kniete sich hin und tastete mit seinen alten behutsamen Händen die Fessel ab. Er schnalzte mit der Zunge und schüttelte den Kopf. «Eine häßliche Wunde, aber die Sehne ist nicht in Mitleidenschaft gezogen. Scheußlich, so ein armes Tier leiden zu sehen. Es bricht einem das Herz.»

Ein dumpfes Rumpeln ließ mich aufsehen. Ein klappriger Wagen mit fünf Irokesen näherte sich dem Laden.

«Großvater», sagte ich, «da kommt Kundschaft.» Er sah sich um.

«Ach, John Comingdeer mit Familie.»

Großvater stand auf. «Vielleicht solltest du lieber nach Hause gehen und den Ponykauf noch mal überschlafen. Besprich alles mit deinen Eltern. Womöglich änderst du deine Meinung doch.»

Ich traute meinen Ohren nicht. «Aber Großvater, warum sollte ich meine Meinung ändern? Ich will kein anderes Pferd. Ich könnte mich nie mehr von der Schecke trennen.»

«Ich weiß, wie sehr du dir ein Pony gewünscht hast, aber gerade deshalb solltest du nichts überstürzen. Zuweilen wünscht man sich im Leben etwas so brennend, daß man dabei wichtigere Dinge übersieht. Und hinterher leidet man dann darunter bis an sein Lebensende.»

Ich wußte, daß irgendwas hinter Großvaters Worten steckte. Aber ich kam beim besten Willen nicht drauf, was.

«Großvater», sagte ich verwirrt. «Was soll ich denn übersehen haben? Ein Pony und ein Gewehr zu besitzen, ist für mich das Allerwichtigste auf der Welt.»

«Also gut. Ich sehe, dein Entschluß steht fest. Du willst ein Pony, und ein Pony sollst du haben. Es ist schließlich dein Geld . . .»

In diesem Moment hielt der Wagen vor dem Laden, und die Indianer stiegen aus. Großvater wandte sich zum Gehen. «Ach ja», sagte er, «fast hätte ich es vergessen. Du brauchst ja noch einen Sattel. Ich kenne einen Farmer weiter unten am Fluß, der einen gebrauchten zu verkaufen hat. Ich glaube, wir bekommen ihn recht billig.»

«Den nehm ich», erklärte ich, ohne lang zu überlegen.

Ich griff in meine Tasche, zog das Notenbündel hervor und reichte es Großvater.

«Großvater, kannst du das Geld für mich aufbewahren und den Irokesen-Tom davon bezahlen? Alles, was nach dem Kauf von Pony, Sattel und Gewehr übrigbleibt, geb ich Mutter.»

Großvater nickte. «Keine Sorge, ich werde dein Geld hüten wie meinen Augapfel.»

Ich löste das Halfter vom Zaum. «Sei vorsichtig mit der Stute», sagte Großvater. «Geh nicht zu schnell. Aber du wirst sehen, in ein paar Wochen ist sie das kräftigste Pony im ganzen Irokesenland.»

Glücklich machte ich mich auf den Heimweg.

Langsam ging ich die Landstraße entlang.

Mir kam es so vor, als sei der Himmel noch nie so klar und

blau gewesen, als habe die Sonne noch nie so gestrahlt. In jedem Busch zwitscherte ein Vogel, irgendwo in der Ferne schlug eine Wachtel, und unten am Fluß schrie ein Eisvogel im vollen Flug.

Auf der Spitze eines abgestorbenen Baums nahe dem Straßenrand sang eine Spottdrossel. Ich blieb stehen und hörte ihr zu.

Raudi wich keinen Schritt von meiner Seite, was höchst ungewöhnlich für ihn war. Alle paar Meter spürte ich seine warme Zunge auf meiner Hand. Er benahm sich, als sei er auf die kleine Stute eifersüchtig.

Ich blieb stehen, kniete mich hin und schlang meine Arme um seinen Hals. «Aber Raudi, du brauchst wirklich nicht eifersüchtig zu sein. Du weißt doch, wie gern ich dich habe. Ohne dich würde das Leben nur halb so viel Spaß machen.» Raudi schien mich genau verstanden zu haben, denn er geriet völlig außer Rand und Band. Er rannte im Kreis um uns herum, fand einen alten Maiskolben, nahm ihn ins Maul und sauste damit weg. Ein paar Meter weiter ließ er ihn fallen, knurrte ihn an und schnappte nach ihm, als sei er ein böser Feind.

Ich kugelte mich vor Lachen.

Da fiel mir plötzlich was ein, mal sehen . . . Ich ließ das Halfter des Ponys los und setzte, ohne mich umzusehen, meinen Weg fort. Ich war keine fünf Schritte weit gegangen, als ich das Klappern von Hufen hörte. Die Schecke folgte mir. Sie folgte mir wirklich!

Ich näherte mich unserer Farm. Vater war gerade beim Pflügen. Er hielt das Mauleselgespann an und winkte mir mit seinem alten, verbeulten Hut zu. Ich winkte zurück – stolz wie noch nie in meinem Leben.

Kurz vor unserem Haus blieb ich stehen, fuhr mit den Fingern durch die Mähne des Ponys und rieb mit meinem Taschentuch den Staub von seinem Fell. Es sollte so hübsch wie irgend möglich für Mutter und Daisy aussehen.

Ich wollte gerade weitergehen, als ich Daisy singen hörte. Ich war nicht besonders erstaunt. Sie sang oft, wenn sie allein in der Laube war.

Ich lauschte ihrer hellen, klaren Stimme und strich mit der Hand über den Rücken des Ponys, wobei mein Blick auf die offene Wunde an seinem Bein fiel. Und da durchfuhr es mich plötzlich wie ein Blitz.

Ich ließ das Halfter fallen und schlug die Hände vor's Gesicht. «Mein Gott, Großvater, wie konnte ich so dumm sein! Wie konnte ich nur so dumm sein!»

Ich wankte wie betäubt an den Straßenrand, setzte mich auf einen Stein und vergrub den Kopf in den Armen. Großvaters Worte schossen mir wieder durch den Kopf: Ich möchte nicht, daß du deinen Entschluß später einmal bereust. – Daisy kennt sich mit lahmen Beinen besser aus als jeder andere. – Manchmal wünscht man sich im Leben etwas so brennend, daß man dabei wichtigere Dinge übersieht.

Raudi legte eine Pfote auf mein Knie und versuchte, mein Gesicht zu lecken. «Ach, Raudi», klagte ich, den Tränen nahe. «Ich kann das Pony nicht kaufen. Ich kann es einfach nicht! Jedesmal, wenn ich auf ihm säße, müßte ich an Daisys schlimmes Bein denken. Bei jedem Ausritt würde ich ein schlechtes Gewissen haben. Das hat Großvater mir sagen wollen. Er möchte, daß ich Daisy das Geld gebe, damit sie sich endlich operieren lassen kann. Denn was übrigbleiben würde, wenn ich Pony, Sattel und Gewehr gekauft habe, ist viel zu wenig für eine schwierige Operation. Es wird ja so kaum reichen. Warum bin ich bloß nicht selbst drauf gekommen?»

Ich stand auf, griff nach dem Halfter und kehrte um.

Vater stand unbeweglich auf dem Feld und stützte sich auf den Pflug. Er blickte mir nach, aber diesmal winkte er nicht. Es war der schwerste Gang meines Lebens. Noch nie war mir der Weg zu Großvaters Laden so weit erschienen. Ich sah den blauen Himmel nicht und hörte kein Vogelgezwitscher. Meine Glieder waren wie taub und mein Kopf ganz leer. Ich tastete mich vorwärts, als wäre ich in einem dunklen Wald und hätte den rechten Pfad verloren.

Endlich kam der Laden in Sicht. Großvater saß wie immer auf der Veranda in seinem Schaukelstuhl. Er blickte über das weite Land, in der Hand hielt er die unvermeidliche Fliegenklatsche.

Ich ging mit gesenktem Kopf an der Veranda vorbei. Ich konnte ihn weder ansehen noch etwas sagen. Und auch er sagte kein Wort.

Das Quietschen des Schaukelstuhls verstummte jäh, und ich wußte, er beobachtete mich. Ich öffnete das Gatter, nahm der Schecke das Halfter ab und ließ sie auf die Koppel.

Mit Tränen in den Augen klopfte ich ihr auf den Hals. «Leb wohl, kleine Schecke, wir müssen uns trennen. Man kann eben nicht alles haben, was man sich wünscht. Aber ich werde dich bestimmt nie vergessen.»

Als ich das Halfter an den Pfosten hing, war ich irgendwie am Ende. Ich lehnte mich ans Gatter, vergrub meinen Kopf in den Händen und weinte wie nie zuvor.

Nachdem ich mich ausgeweint hatte, fühlte ich mich ein klein wenig besser. Ich trocknete mit meinem Taschentuch mein Gesicht ab, so gut ich konnte. Dann ging ich zum Laden und setzte mich neben Großvater.

Er schaukelte hin und her und sah mich schweigend von der Seite an.

Das Quietschen des Schaukelstuhls ging mir durch und durch. Ich spürte, wie mir die Tränen von neuem in die Augen stiegen, und hätte Großvater nicht in diesem Augenblick zu sprechen angefangen, wäre es bestimmt wieder losgegangen.

Er räusperte sich und sagte leise: «Was ist los? Hast du deinen Entschluß geändert? Willst du etwa doch den Rotschimmel?»

«Nein, Großvater, ich will keines der beiden Ponys.»

«Nanu», sagte Großvater. «Ich versteh dich nicht, was ist passiert?»

«Ich kann mir kein Pony kaufen. Ich hätte mein Leben lang ein schlechtes Gewissen. Jedesmal wenn ich ausritte, müßte ich an Daisy denken. Ich werde ihr mein ganzes Geld geben, damit sie ins Krankenhaus kann. Die Ärzte sollen ihr Bein in Ordnung bringen.

Ich weiß, du hast die ganze Zeit über versucht, mich auf diesen Gedanken zu bringen. Deshalb hast du auch die lahme Stute ausgesucht.»

Großvater zog wortlos das Geld, das ich ihm gegeben hatte, aus der Hosentasche und gab es mir.

Mit vor Rührung bebender Stimme sagte er: «Jeremy, ich bin schon immer stolz auf dich gewesen, doch in diesem Augenblick gibt es auf der ganzen Welt bestimmt keinen Großvater, der stolzer auf seinen Enkel ist als ich.»

Das Zuschlagen einer Tür ließ mich herumfahren. Großmutter kam zu uns rüber. Sie hielt einen Leinenbeutel in der Hand. «Jeremy», sagte sie, «hier gib das deiner Mutter.»

«Was ist das, Großmutter?» fragte ich.

«Das Geld, das Großvater und ich für Daisys Operation gespart haben. Du willst Daisy doch dein Geld geben, nicht wahr?»

«Ja, gewiß, Großmutter», bestätigte ich verblüfft, «aber woher weißt du das?»

Großmutter lächelte. «Ich wußte es die ganze Zeit. Großmütter wissen manchmal mehr, als kleine Jungen ahnen.»

Großvater wurde plötzlich ganz aufgeregt. «Eben fällt

mir was ein. Deine Großmutter will schon seit langem mal wieder in die Stadt fahren. Und morgen wäre ein guter Tag dafür. Bitte deinen Vater, daß er morgen auf den Laden aufpaßt, dann können wir deine Mutter und Daisy mit nach Tahlequah nehmen. Der Zug nach Oklahoma City fährt dort am frühen Nachmittag ab. Wir erreichen ihn leicht, wenn wir rechtzeitig aufbrechen.»

«Ich werde es Mutter sofort ausrichten, wenn ich heimkomme», versprach ich, mindestens so aufgeregt wie er.

Die Eltern und Daisy saßen schon bei Tisch, als ich in die Küche wirbelte.

Ich ging zu Mutter und legte den Leinenbeutel vor sie hin: «Da Mutter, das ist für dich.»

«Was ist das?» fragte Mutter.

«Es ist das Geld, das ich für die Affen bekommen habe, zusammen mit den Ersparnissen der Großeltern. Es ist für die Ärzte in Oklahoma City, sie sollen Daisys Bein endlich zurechtbiegen.»

Mutter wurde aschfahl im Gesicht. Sie bewegte die Lippen, brachte aber kein Wort heraus. Sie starrte auf den Leinensack, dann sah sie Daisy an und dann Vater.

Es war ganz still in der Küche. Nur das Zischen des kochenden Wassers, das im Teekessel übersprudelte, war zu hören.

Mutter schloß die Augen, zwei große Tränen rollten ihr langsam die Wangen hinunter.

«Ich danke dir, Herr», flüsterte sie kaum hörbar, «ich danke dir, es ist das größte Geschenk meines Lebens.»

Daisy humpelte um den Tisch und umarmte Mutter schluchzend. Mir saß ein dicker Kloß im Hals, so groß wie ein Wespennest.

Vater stand auf und ging ins Wohnzimmer. Als er zurückkam, hielt er die kärgliche Summe, die Mutter und er beiseite gelegt hatten, in der Hand.

Daisy lief in ihr Zimmer und holte ihre Ersparnisse. Nie habe ich soviel Geld auf einem Haufen gesehen.

«Vater», sagte ich, «die Großeltern haben in der Stadt was zu besorgen, und Großvater meint, wenn du morgen auf den Laden aufpassen würdest, dann könnten sie Mutter und Daisy mit nach Tahlequah nehmen und in den Nachmittagszug nach Oklahoma City setzen.»

Vater sah Mutter an. «Ich glaube, das ist eine gute Idee. Wir haben lange auf diesen Tag gewartet, nun wollen wir auch keine Minute verlieren, was meinst du?»

«Ich würde am liebsten noch heute abend fahren», erwiderte Mutter ganz aufgeregt.

«Dann fang doch gleich mit dem Packen an, und mach dir keine Sorgen um Jeremy und mich. Wir kommen schon zurecht.»

Mutter und Daisy gingen auf ihre Zimmer, um alles für die Reise zu richten. Als wir allein waren, wandte sich Vater zu mir: «Jeremy, ich wollte nicht, daß Mutter und Daisy erfahren, daß du mit deinem Pony schon fast zu Hause warst, deshalb wollte ich dir erst jetzt danken, und zwar von ganzem Herzen. Ich bin stolz auf dich, mein Sohn. Komm, gib mir deine Hand.»

Vater und ich schüttelten uns kräftig die Hände. Zum erstenmal seit langer Zeit schlief ich die ganze Nacht durch.

16

Ich lag noch im schönsten Schlummer, als die Großeltern vorfuhren.

Den Rest des Morgens hielten Mutter und Großmutter

mich ganz schön in Trab. «Bring mir das! Hol dies! Beeil dich! Wir versäumen noch den Zug!» Mir schwirrte der Kopf.

Dann kam der Abschied. Und der war schlimm. Daisy und Großmutter zerflossen in Tränen, Mutter klammerte sich an Vater, als reise sie ans Ende der Welt. Ich dachte schon, sie würde ihn nie wieder loslassen.

Daisy küßte alles, was in ihre Nähe kam, sogar Raudi bekam einen Kuß zwischen die Augen, nur ich entging ihr, da ich im entscheidenden Moment schnell zur Seite sprang.

Als letztes legte ich Daisys Krücke in den Wagen. Dann fuhren sie ab. Ich blickte ihnen nach, bis sie hinter der Biegung verschwanden.

An diesem ersten Tag kümmerten Vater und ich uns um Großvaters Laden, wobei ich so viele Bonbons aß, daß mir ganz schlecht wurde. Nie hätte ich gedacht, daß einem von Bonbons so übel werden kann. Mir war noch hundeelend zumute, als ich spät abends ins Bett sank.

Am nächsten Morgen beim Frühstück sagte Vater: «Nun, da Mutter und Daisy fort sind, müssen wir beide uns in ihre Arbeit teilen. Am besten, du übernimmst das Kochen und das Füttern des Federviehs, während ich auf den Feldern nach dem Rechten sehe. Einverstanden?»

«Klar, Vater. Das Kochen schaff ich bestimmt ganz leicht. Ich habe Mutter oft dabei zugeschaut.»

Vater lachte. «Hoffen wir das Beste. Ich fürchte bloß, kochen sieht einfacher aus, als es in Wirklichkeit ist. Aber ich lasse mich gern überraschen.»

«Keine Angst, Vater, wenn du vom Feld kommst, steht dein Essen auf dem Tisch, so wie du es von Mutter gewöhnt bist.»

Um ein wenig Gesellschaft zu haben, ließ ich die Küchentür auf, damit Raudi ungehindert rein und raus konnte. Das gefiel ihm offensichtlich. Für gewöhnlich durfte er nämlich nicht ins Haus, aber ich fand, an einem so besonderen Tag konnte man schon mal eine Ausnahme machen.

Ich band mir Mutters Schürze um und begann laut singend mit der Arbeit. Ich nahm einen Topf, füllte ihn dreiviertel mit Bohnen, goß Wasser hinzu, legte ein Stück gepökeltes Schweinefleisch hinein und setzte das Ganze auf den Herd.

Als nächstes schälte ich Kartoffeln, wärmte die Bratpfanne an, bis sie heiß genug war, um Nägel darin zu schmelzen, ließ Schweinefett zergehen und warf die Kartoffeln hinein.

Noch immer guter Dinge rührte ich eine Mehlschwitze für die Soße an.

Ich war mehr als zufrieden mit mir – allerdings nicht lange. Nur zu bald merkte ich, daß es mit meinen Kochkünsten wohl doch nicht soweit her war. Ich deckte gerade den Tisch, als die Katastrophe begann. Alles geriet unversehens außer Rand und Band. Die Bohnen machten den Anfang. Kaum kochten sie, krochen sie aus dem Topf, als seien sie durch die Hitze lebendig geworden. Und eh ich mich's versah, war der Herd voller Bohnen. Einige kullerten herunter und fielen direkt in Mutters Kochkiste.

Dann spielten die Kartoffeln verrückt. Sie fingen an zu stinken und zu rauchen, und innerhalb von Sekunden war die Küche voller Qualm. Ich riß alle Türen und Fenster auf, um nicht zu ersticken. Raudi bekam es mit der Angst zu tun und nahm schleunigst Reißaus.

Die Soße hatte sich in der Zwischenzeit auch seltsam verwandelt. Sie ließ sich nicht aus dem Topf gießen, sondern fiel wie ein Lehmklumpen in die Schale.

Die Küche sah aus wie ein Schlachtfeld, aber Gott sei Dank schreckten die Hühner und die Feiste Anna vor nichts zurück und fraßen einfach alles auf.

Ich rief Raudi, um mich von ihm trösten zu lassen, aber er

blieb eisern unter der Veranda, sogar meine Drohung, ihn zu verprügeln, wenn er nicht sofort kam, blieb ohne jeden Erfolg.

«Nun», sagte Vater händereibend, als er vom Feld kam, «was hast du uns denn Schönes zusammengebraut? Ich hab einen Mordshunger!»

«Nichts, Vater», gestand ich kleinlaut. «Kochen ist doch nicht so einfach, wie ich dachte. Was immer man auf den Herd stellt, brennt entweder an oder kocht über. Bei Mutter passiert das nie. Weiß der Himmel, wie sie das macht.»

Vater lachte. «Ich hab mir schon so was Ähnliches gedacht. Aber irgendwie kriegen wir's schon hin. Morgen helf ich dir beim Kochen.»

Zum Glück hatten wir noch einen Rest von Mutters selbstgebackenem Brot und ein wenig Honig, Butter und Milch im Haus. Viel war es nicht, und wir gingen mit knurrendem Magen zu Bett.

Ohne Großmutter wären Vater und ich wohl Hungers gestorben, denn schon am nächsten Morgen stellte sich heraus, daß Vater vom Kochen nicht viel mehr verstand als ich. In meiner Not lief ich in den Laden und ließ mir von Großmutter zwei Körbe füllen. Das machte ich von nun an alle paar Tage, und so kamen Vater und ich einigermaßen über die Runden.

Mutter schrieb uns oft, und wir lasen jeden ihrer Briefe mindestens ein dutzendmal.

Es war nicht schwer zu erraten, daß sie sich in der Stadt einsam und unglücklich fühlte, obwohl sie nie klagte. Sie schrieb immer wieder, wie sehr sie uns vermißte und wie oft sie an uns dachte. Daisy war inzwischen operiert worden, und es ging ihr offenbar gut. Der Chirurg meinte, wenn alles glatt verliefe, würde sie keine Krücke mehr brauchen. Aber etwas Endgültiges könnte man erst sagen, wenn der Gips wieder runter sei.

Ich hatte mich auf die Zeit allein mit Vater gefreut. Endlich konnte ich tun und lassen, was ich wollte, und keiner nörgelte an mir herum. Doch die Freude war nur von kurzer Dauer. Ich vermißte Daisy und Mutter von Tag zu Tag mehr, die Stunden zogen sich endlos, und die Nächte waren einfach unerträglich.

Am Ende der dritten Woche hielt ich die tödliche Stille im Haus kaum mehr aus. Sogar die Natur schien langsam abzusterben.

Unsere Hühner hatten fast aufgehört zu legen. Sally gab nur noch einen viertel Eimer Milch, und dann, eines Tages, bemerkte ich, daß der Wasserspiegel unseres Brunnens bedenklich gesunken war.

Vater versuchte mich zu trösten: «Aber, Jeremy, so ist es doch jedes Jahr im Herbst.»

Vater verstand mich nicht. Ich fühlte mich einsam und wollte, daß Daisy und Mutter so schnell wie möglich nach Hause kämen. Alles andere waren nur Begleiterscheinungen, die mich unter normalen Umständen nie bedrückt hätten.

Raudi war mir auch keine Hilfe. Er beachtete mich kaum und hatte allen Schwung verloren. Vermutlich nahm er es krumm, daß ich nicht mehr mit ihm durch die Hügel streifte.

Allmählich wurde auch Vater immer stiller. Tagsüber erledigte er lustlos die dringendsten Arbeiten, und abends saß er stundenlang auf der Veranda im Schaukelstuhl und rauchte abwesend seine Pfeife. Es gab Tage, an denen er kein Wort mit mir sprach.

Doch am meisten litt Großvater. Er brummte alle mürrisch an, als könnte er Menschen nicht mehr ausstehen und am wenigsten sich selbst.

In der Mitte der vierten Woche bekamen wir einen Brief von Mutter, der uns in helle Aufregung versetzte. Sie teilte uns mit, daß die Operation gelungen war und Daisy jetzt gehen lernte. «Sie macht bereits das ganze Krankenhaus unsicher», schrieb Mutter zum Schluß.

Einige Tage hielt Vater und mich diese Nachricht in Hochstimmung, doch dann beschlich uns wieder das gleiche Gefühl des Verlorenseins, bloß daß es jetzt noch hundertmal ärger war.

Sechs endlose Wochen verstrichen auf diese Weise.

Oft mußte ich an die kleine Schecke denken. Ich konnte sie nicht vergessen. Sie verfolgte mich bis in meine Träume. Ich hörte sie wiehern, konnte sie aber nicht sehen. Dann sah ich sie, konnte sie aber nicht einfangen. Immer war sie mir ein winziges Stückchen voraus. Sie galoppierte über die Koppel mit wehender Mähne. Ich lief ihr nach und kam ganz dicht an sie heran, aber bevor ich sie berühren konnte, wachte ich auf.

Diese Träume taten mir richtig weh.

Am nächsten Tag saßen Vater und ich im Dämmerlicht auf der Veranda. Raudi lag zu meinen Füßen. Tausende von Glühwürmchen tanzten um uns herum. Man hätte meinen können, unzählige, winzige Lämpchen würden von einer unsichtbaren Hand an- und aus- und angezündet.

Plötzlich richtete Raudi sich auf, spitzte die Ohren und starrte auf die Straße hinunter. «Vater», sagte ich, «irgendwer kommt da.»

Vater drehte sich im Stuhl um. «Wieso? Ich höre nichts.»

«Ich auch nicht, Vater, aber Raudi muß irgendwas gehört haben.»

Vater sah Raudi an. «Ich glaube, du hast recht.»

Ich lauschte angestrengt – und tatsächlich, von weit her erklang kaum vernehmbar das eintönige Klappern von Hufen und das leise Klirren eines Pferdegeschirrs.

Vater erhob sich. «Wer mag so spät am Abend noch kommen?» fragte er leicht beunruhigt.

Es war Großvater. In einer Wolke von Staub hielt er vor dem Haus. Er war noch nicht vom Sitz geklettert, als er schon zu reden anfing.

«Ich wollte eigentlich gleich, nachdem der Postbote bei mir war, zu euch fahren», sagte er, «aber ich konnte einfach nicht weg. Die Leute haben sich heute die Tür in die Hand gegeben.» Großvaters Laden war nämlich zugleich die Poststation für unsern Bezirk. Er reichte Vater den Brief. «Sie kommen morgen mit dem Mittagszug», setzte er übers ganze Gesicht strahlend hinzu. Mutter hatte ihm natürlich auch geschrieben. Vater brachte kein Wort heraus, er ging sofort ins Haus, öffnete den Brief und las ihn laut vor.

Der Brief war kurz. Mutter schrieb, es gäbe natürlich eine Menge zu erzählen, aber mündlich ginge das alles viel einfacher. «Daisy und ich kommen morgen», hieß es weiter, «wenn möglich, holt uns ab.»

Großvater sagte: «Wenn du zuviel auf der Farm zu tun hast, fahre ich natürlich zum Bahnhof.»

«Vielen Dank, aber ich kann es mir schon mal leisten, einen Tag blau zu machen. Es wird Jeremy und mir guttun, mal ein bißchen rauszukommen.»

Der alte Mann vom Berg hatte wirklich Wort gehalten. Das würde ich ihm nie vergessen.

Ich verbrachte eine unruhige Nacht, Vater wohl auch. Ich hatte sogar das Gefühl, er sei gar nicht zu Bett gegangen, denn jedesmal wenn ich erwachte, hörte ich ihn rumoren. Noch vor Sonnenaufgang öffnete er die Küchentür, um Raudi hereinzulassen.

Raudi kam sofort in mein Zimmer gesaust und landete mit einem kühnen Satz mitten auf meinem Bett. Ich versteckte mich unter der Bettdecke, was mir jedoch wenig half. Er zog mit den Pfoten die Decke fort und leckte mir das Gesicht.

«Gottlob, daß Mutter dich hier nicht sieht», sagte ich, «die wäre gar nicht erbaut davon.»

Vater schürte das Feuer im Herd, als ich in die Küche kam.

Während ich den Tisch deckte, rannte mir Raudi ständig zwischen den Beinen herum, ein paar Mal wäre ich fast über ihn gestolpert. Er war völlig durchgedreht an diesem Morgen. Nicht mal mein Frühstück ließ er mich in Ruhe essen, er sprang am Stuhl hoch, legte den Kopf auf meine Knie und winselte und wedelte ohne Unterbrechung.

Vater lachte. «Was hat er denn nur? Er führt sich ja ganz irre auf.»

«Er weiß, daß wir fortfahren und will mitgenommen werden.»

«Warum auch nicht», meinte Vater. «Er würde tausend Tode sterben, wenn wir ihn hier allein zurückließen. Du mußt nur einen Strick mitnehmen, vergiß das bitte nicht.»

«Wird gemacht!» erwiderte ich glücklich. «Und jetzt paß mal auf, Vater.»

Ich sah Raudi an und nickte mit dem Kopf. «Alles in Ordnung, Raudi, du darfst mit.»

Jetzt war's ganz aus. Er sauste ins Wohnzimmer, bellte, machte kehrt, schoß durch die Küche hinaus ins Freie, flitzte ums Haus, kam zurück, setzte sich neben mich und heulte in den höchsten Tönen.

Ich dachte, das Haus würde zusammenfallen.

Vater und ich lachten, bis wir nicht mehr konnten.

Es war das erstemal, seit Daisy und Mutter fort waren, daß wir so richtig froh waren.

Während ich abwusch, schirrte Vater die Maulesel an, dann zogen wir uns beide zur Feier des Tages ein frisches Hemd und eine saubere Hose an.

Die Maulesel hatten es nicht leicht auf dieser Fahrt, Vater hielt sie ständig in Trab.

Als wir den Bahnhof erreichten, band Vater die Tiere an einem Pfosten fest, während ich den Strick um Raudis Halsband knüpfte.

Vater wurde sofort von mehreren Männern mit Beschlag belegt, die ihn freudig begrüßten.

Während Vater sich unterhielt, balancierte ich auf dem einen Schienenstrang. Das war gar nicht so einfach, vor allem weil Raudi ständig an der Strippe zerrte.

Plötzlich hörte ich aus der Ferne das Pfeifen der Lokomotive, und wir sprangen rasch auf den Bahnsteig.

Als Raudi das schwarze Ungetüm auf sich zurasen sah, versuchte er winselnd zwischen meine Beine zu kriechen.

Ich hatte Angst, daß die Strippe sich um meine Beine wickeln würde und schnauzte ihn an: «Nein, nicht doch, laß das.»

Dadurch geriet Raudi aber erst recht in Panik. Er rannte, soweit die Strippe es ihm erlaubte, fletschte die Zähne und bellte wutbebend den einfahrenden Zug an.

Hinter mir sagte jemand: «Wenn der Junge den Hund jetzt frei läßt, dann geht der glatt auf den Zug los.»

Alle Umstehenden fingen schallend an zu lachen.

Kurz bevor der Zug den Bahnhof erreichte, stieß er einen gellenden Pfiff aus.

Das gab Raudi den Rest. Er rannte jaulend zu mir und versuchte wieder, zwischen meine Beine zu kriechen.

«Raudi», sagte ich mit bebender Stimme, «wenn du dich nicht sofort benimmst, dann setzt es was.»

Ratternd, mit stampfenden Rädern, rollte der Zug an uns vorbei, stieß zischend Dampf aus und blieb dann endlich mit kreischenden Bremsen stehen.

Einige Sekunden lang war nur das Keuchen der Lokomotive zu hören, ansonsten herrschte eine fast unheimliche Stille.

Und dann erschien Mutter mit Daisy.

Mutter hielt einen Koffer in der einen und Daisys Krücke in der anderen Hand. Sie winkte mir zu und sah ganz glücklich aus.

Im nächsten Moment stand sie vor mir, ließ Koffer und Krücke fallen und umarmte mich. Sie drückte mich so fest an sich, daß mir fast die Luft wegblieb. Dann ließ sie mich los und sank mit einem erstickten Schluchzer Vater an die Schulter.

Daisy verließ den Zug als letzte. Sie stand im Türrahmen und lächelte. Nie zuvor im Leben hatte mir jemand so lieb zugelächelt.

Ich mußte mir einen Ruck geben, bevor ich wagte, auf ihr Bein zu gucken. Als ich es endlich tat, stockte mir der Atem. Ich traute meinen Augen nicht, das verkrüppelte Bein war so kerzengerade wie das gesunde. Nicht der kleinste Unterschied war zu sehen.

Und da wußte ich, daß ich meinen Entschluß nie bereuen würde. Der Verzicht auf das Pony hatte sich tausendfach gelohnt.

Als Daisy sah, daß ich wie gebannt auf ihr Bein starrte, streckte sie es langsam vor und wackelte mit dem Fuß.

Nie war sie fähig gewesen, ihren Fuß auch nur um eine Handbreit zu drehen! Ich konnte nur stumm nicken, um ihr zu zeigen, daß ich begriffen hatte.

Dann sprang sie leichtfüßig die Stufen herunter, blieb einen Meter vor mir stehen, stellte ihren Koffer ab und sah mich nur glücklich an. Im nächsten Moment hing sie an meinem Hals.

«Jeremy», flüsterte sie. «Ich hab dich so lieb. Nie werd ich vergessen, was du für mich getan hast.»

Und dann küßte sie mich mitten auf den Mund.

Ich fühlte, wie ich über und über rot wurde. «Ich hab dich ja auch lieb», flüsterte ich, «aber, bitte küß mich nicht – ich meine, nicht hier vor allen Leuten.»

Daisy lächelte. «Mir ist völlig egal, was die Leute denken. Du bist mein Bruder, und ich küß dich, wann und wo es mir paßt.»

Was sollte man dazu sagen? Zum Glück trat jetzt Vater zu uns und schloß Daisy in die Arme, und zum erstenmal in meinem Leben sah ich in Vaters Augen Tränen stehen.

Vater hielt Daisy noch fest umschlungen, als Raudis Freudengebell aller Welt verkündete, daß er der glücklichste Hund auf Gottes Erdboden sei.

Wir gingen zum Wagen und luden die Koffer und Pakete auf. Vater sah Mutter an. «Warum hast du denn Daisys Krücke mitgebracht?» fragte er erstaunt. «Nun braucht sie sie doch nicht mehr.»

«Ich weiß», erwiderte Mutter und kletterte auf den Sitz. «Aber trotzdem hab ich sie mitgebracht – als eine Art Talisman, verstehst du?»

Vater legte die Krücke wortlos in den Wagen und setzte sich auf den Bock. Die Maultiere zogen an. Die Familie war wieder beisammen.

17

Unser altes Gefährt ratterte und schaukelte über die Landstraße, und neben mir saß Daisy und erzählte. Es gab ja so viel zu berichten von der Operation, und wie sie langsam gelernt hatte zu gehen. «Und dann kam der Tag», sagte sie, «wo ich zum erstenmal keine Krücke mehr brauchte. Oh, Jeremy, du kannst dir nicht vorstellen, wie glücklich ich war.»

Raudi saß eine Weile neben uns, doch lange hielt es ihn da

nicht. Zu viel Lebendiges bewegte sich rechts und links. Er sprang vom Wagen und jagte mit lautem Gebell den Eichhörnchen und Kaninchen nach.

Kurz vor unserem Haus sagte Vater: «Nanu, sieht mir ganz so aus, als hätten wir Besuch.»

«Das ist doch Papas alter Gig!» rief Mutter aufgeregt. «Er konnte es sicher nicht erwarten, Daisy zu begrüßen. Wie nett von ihm zu kommen!»

Vater reckte sich fast den Hals aus, um besser sehen zu können. «Hallo!» rief er erstaunt. «Was steht denn da im Hof? Schau mal, Jeremy!»

Ich schnellte vom Sitz hoch, weil der Zaun mir die Sicht versperrte. Und dann sah ich, was Vater meinte. Der Atem stockte mir, und mein Herz fing an, wie wild zu hämmern. Ich rieb mir die Augen, aber nein, sie trogen mich nicht.

Dort, in der Mitte unseres Hofes, mit erhobenem Kopf, den Blick auf uns gerichtet, stand meine kleine Schecke.

Daisy stützte sich mit der Hand auf die Rücklehne und stemmte sich hoch. «Was ist los, Jeremy?» fragte sie.

Ich wollte ihr antworten, brachte aber keinen Ton heraus. Ich konnte weder sprechen noch denken. Ich sah nur das Pony.

Bislang hatte es völlig regungslos dagestanden, doch nun schnaubte es, trabte mit gespitzten Ohren ans Gatter und wieherte.

Das Wiehern riß mich aus meiner Betäubung. «Es ist meine kleine Schecke!» rief ich laut. «Meine geliebte, kleine Schecke.»

«Was für ein schönes Tier», sagte Daisy leise.

Die kleine Stute galoppierte jetzt aufgeregt über den Hof. Hin und wieder blieb sie stehen und wieherte laut.

«Mein Gott», murmelte ich, «sie lahmt nicht mehr.»

Daisy sagte: «Du, das Pony benimmt sich ganz so, als

würde es dich wiedererkennen. Hast du es schon mal gesehen?»

Vater bog von der Landstraße ab, eine Minute später hielt er vor unserem Haus.

Großvater saß schmunzelnd in Vaters Stuhl und schaukelte gemächlich vor und zurück. Er ließ sich auch durch unsere Ankunft nicht aus der Ruhe bringen, sondern winkte uns nur einen Willkommensgruß zu.

Mit drei Sätzen war ich auf der Veranda. «Großvater», sagte ich atemlos, «hast du das Pony mitgebracht?»

«Gewiß doch», sagte Großvater, rundum zufrieden. «Und es gehört dir. Es ist dein Pony.»

Ich war so verwirrt, daß ich nicht wußte, was ich sagen sollte. Ich glotzte Großvater nur mit offenem Mund an.

Dann hörte ich wie aus weiter Ferne Daisys helle Stimme. «Oh, Mutter, es ist wahr geworden! Mein Wunsch ist in Erfüllung gegangen! Ich habe mir im Feenkreis gewünscht, daß Jeremy sein Pony und sein Gewehr bekommt. Und die Feen haben mich erhört!»

Ich drehte mich um. Daisy hielt ein Paket in der Hand, das sie fest an sich drückte. Sie kam zu mir und sagte mit ernster Stimme: «Hier ist dein Gewehr, Jeremy. Doch bevor ich es dir gebe, hör mir einen Augenblick zu. Schieß soviel du willst auf Füchse, Schlangen, Habichte und Wölfe. Eben da, wo es nötig ist, manchmal zu schießen. Aber bitte, verschone die kleinen Vögel und die Eichhörnchen, überhaupt alle hilflosen Geschöpfe, die niemand etwas zuleide tun. Willst du mir das versprechen?»

Ich wußte nicht, wo mir der Kopf stand. Es ging alles einfach zu schnell für mich. Meine Stimme gehorchte mir nicht. Ich brachte nur ein Kopfnicken zustande.

«Das genügt nicht», sagte Daisy. «Du mußt es laut aussprechen.»

Ich holte tief Atem. «Ich verspreche dir», sagte ich

langsam und feierlich, «daß ich nie mehr auf kleine, hilflose Tiere schießen werde. Mein großes Ehrenwort!»

Daisy lächelte mich glückstrahlend an und reichte mir mit beiden Händen das Paket. «Mutter und ich haben alle Geschäfte in Oklahoma City abgeklappert, und soweit ich mich erinnere, ist es das gleiche Modell, das dir im Katalog so gut gefallen hat.»

Mit zitternden Fingern riß ich das Packpapier herunter. Es war eine Hamilton-Flinte, genau das Gewehr, das ich mir immer gewünscht hatte.

Ehrfürchtig strich ich über das dunkle Holz des Kolbens und über das kühle Metall des Laufs.

Ich stand noch immer ganz versunken mit meinem Gewehr in der Hand da, als ich ein leises Wiehern vernahm. Ich wandte mich um. Meine kleine Schecke hatte den Kopf über das Gatter gestreckt und sah mich erwartungsvoll an.

Es war so still auf der Veranda, daß man einen Wurm hätte atmen hören können. Vor meinen Augen tauchten in rascher Folge Bilder aus der Erinnerung auf: Daisy in ihrer Laube, umringt von ihren Schätzen – Daisy kniend im Feenkreis . . .

Rasch strich ich mir mit dem Jackenärmel übers Gesicht und sagte mit belegter Stimme: «Daisy, als ich im Feenkreis kniete, habe ich mir gewünscht, daß dein Bein in Ordnung kommt. Du siehst also, auch mein Wunsch ist in Erfüllung gegangen.»

Mutter lehnte sich an Vaters Schulter.

Vater legte den Arm um sie. «Jeremy», sagte er, «Mutter und ich haben uns ebenfalls gewünscht, daß Daisy wieder gesund wird. Und so ist auch unser Wunsch in Erfüllung gegangen.»

Großvater räusperte sich, um seiner Rührung Herr zu werden.

Daisy ergriff meinen Arm. «Komm, Jeremy, jetzt gehen

wir zu deiner Schecke. Ich möchte sie mir zu gern aus der Nähe betrachten.»

«Fein», sagte ich und lehnte mein Gewehr an die Wand. «Du wirst sehen, sie ist das schönste Pony im ganzen Irokesenland.»

Daisy und ich gingen zu dem umfriedeten Gehege. Raudi lief uns bellend voran. Wir hatten kaum das Gatter geöffnet, als die kleine Stute den Kopf hochwarf und auf uns zutrabte.

Ich ging in den Stall und holte eine Bürste. Und während Daisy sie streichelte, putzte und striegelte ich sie von oben bis unten. Sie ließ alles geduldig über sich ergehen, ja sie schien die viele Aufmerksamkeit richtig zu genießen, die ihr so unerwartet zuteil wurde. Manchmal stubste sie uns mit dem Kopf oder knabberte an unseren Kleidern. Einmal bäumte sie sich sogar vor lauter Begeisterung auf und galoppierte wiehernd davon, kam aber gleich wieder zurück.

Daisy lachte und sagte: «Schau mal, die kleine Angeberin. Das tut sie nur, damit wir sie bewundern.»

Der arme Raudi war ganz außer sich vor Eifersucht. Er versuchte ständig, sich zwischen uns und das Pony zu drängen, oder bellte, um sich in Erinnerung zu bringen. Daisy und ich taten unser Bestes, ihn zu beruhigen.

Und dann überraschte mich Daisy mit einer Frage. «Wie willst du das Pony denn nennen, Jeremy?»

«Daran hab ich noch gar nicht gedacht.»

Daisy meinte: «Ach, es wird nicht schwer sein, für sie einen Namen zu finden. Sie ist doch ein Geschenk der Feen!»

«Daisy!» rief ich begeistert. «Das war der beste Einfall deines Lebens. Ich werde sie Fee nennen!»

Daisy sah mich lächelnd an. «Fee», wiederholte sie mehrmals. Dann nickte sie und sagte mit leuchtenden

Augen. «Ja, Jeremy, das ist genau der richtige Name für sie. Du hättest keinen besseren finden können.»

Ich rieb die weichen Nüstern meines Ponys. «Von heute an heißt du Fee, meine kleine Schecke.»

«Daisy», sagte ich und blickte sie über den Hals des Ponys hinweg an, «willst du Fee nicht das Zaumzeug anlegen? Du sollst die erste sein, die auf ihr reitet.»

«Vielen Dank, Jeremy, irgendwann möchte ich gern mal auf ihr reiten, aber nicht jetzt. Im Moment habe ich eine andere Bitte.»

«Und die wäre?» fragte ich ganz erstaunt.

«Ich möchte mit dir um die Wette rennen. Es ist mein größter Wunsch, seit ich denken kann.»

Ich war so verblüfft, daß ich nicht wußte, was ich sagen sollte. «Du willst mit mir um die Wette rennen?» wiederholte ich wie blöd.

«Ja», sagte Daisy. «All diese Jahre hab ich von meiner Laube aus Raudi und dich beobachtet. Ich konnte dein Lachen hören und Raudis Gebell. Ihr hattet soviel Spaß miteinander! Und ich war immer allein. Ich wäre so gern mit euch über die Felder gelaufen. Aber ich konnte ja nicht. Oh, wie habe ich euch beneidet! Und manchmal hab ich vor Kummer geweint. Ich weiß, Jeremy, daß ich oft scheußlich zu dir war. Verzeih mir, bitte. Aber es ist schlimm, immer nur daneben zu sitzen, verstehst du, da wird man dann leicht böse. So, und nun komm und renn mit mir um die Wette, nur dieses eine Mal.»

Ich starrte meine kleine Schwester an. In diesen paar Minuten hatte ich mehr begriffen als in meinem ganzen bisherigen Leben. Und dann tat ich etwas, das mich selbst am meisten erstaunte. Ich beugte mich über den Hals des Ponys und gab ihr einen Kuß.

Danach war ich so verlegen, daß ich sie nicht ansehen konnte. Ich blickte zu Boden und sagte leise: «Komm,

Daisy, ich renn mit dir, aber nicht um die Wette. Wenn du willst, renn ich mit dir über das ganze Ozark-Plateau, aber gib mir deine Hand.»

Wir kletterten über das Gatter, und dann liefen wir los, Hand in Hand. Raudi rannte uns bellend voraus, kehrte um, sauste zurück und stürmte von neuem davon.

Wir liefen über die Äcker und über grünen Klee, durch Luzernen und Gras, wir liefen über ein Stoppelfeld und hüpften über dicke, gelbe Kürbisse. Daisy hatte den Kopf zurückgeworfen, ihre Augen glänzten, ihr langes Haar flog im Wind, sie jauchzte vor Vergnügen.

Wir liefen Hand in Hand bis zum Flußufer. Dort blieben wir atemlos stehen und sahen uns in die Augen. Wir waren die glücklichsten Kinder der Welt.